즐거운
남의 집

전월세의 기쁨과 슬픔

이윤석 · 김정민 지음

프롤로그

집에 대한 이야기가 많아졌다. 그러나 줄곧 그것들을 피하려 노력해 왔다. 그 많은 이야기 중 내 이야기라고 느껴지는 것은 없었기 때문이다. 그런 이야기에 나오는 집에는 중간이 없었다. 대단히 아름다운 물건들로 채워져 있거나, 본인만을 위해 지어졌다거나, 너무 가난했다. 무척 높이 있거나, 너무 낮은 곳에 있었다. 그것들을 마주하는 날에는 마음이 엉망이 되곤 했다. 내가 갖지 못한 것을 질투할 때도 있었고, 나는 저 정도는 아니라 다행이라고 생각하며 안도하거나 연민할 때도 있었다. 가진 것과 갖지 못한 것의 격차에 집중하게 만드는 상황이 불쾌했다. 중간보다 아래쯤 있을 내 이야기가 보이지 않는 것은 어쩌면 당연했다. 우리 집에는 팔릴 만한 것이 없으니까. 이야기에 나오는 집들은 전시장이었고 저마다 다른 종목을 열심히 팔고 있었다. 우리 집은 전시장이 될 수 있을 리 없었다.

이 책은 아무도 주목하지 않는 삶을 전시하는 책이다. 90년대생이자 건축가이자 2020년대를 사는 생활인이자 퀴어이자 남의 집에 사는 사람으로서의 여러 정체성을 도구 삼아 우리가 사는 공간에 관해 썼다. 그래서 이 책은 '즐거운 남의 집'이라는 제목처럼 중의적이고 또 역설적이다. 일관된 이야기만 보기 좋게 늘어놓기에는 우리 삶의 안팎에 충돌이 가득하기 때문이다. 무엇이든 할 수 있을 것 같은 기분이 들다가도 아무것도 할 수 없을 것 같은 느낌에 휩싸이고, 쉽게 뜨거워졌다가 빠르게 식는다. 남의 집에서 사는 시간도 충분히 즐거울 수 있다고 생각하지만, 남의 집들만 즐거워 보일 때도 있다.

이렇게 앞뒤가 맞지 않는 지금 우리 세대의 이야기를 기록하는 것이 필요하다고 생각했다. 우리가 사는 시간과 공간을 누군가는 과도기적이라고 여기기 때문이다. 한국의 사회·경제적 맥락 안에서 목표가 될 수 없는 모든 것은 자취도 없이 휘발된다. 그래서 있는 그대로의 이야기를 쇳물로 주조하듯 꾹꾹 눌러 썼다. 만질 수 없는 것에는 형태와 무게를 만들어주고, 이미 형태를 가지고 있는 것은 더 확대해서 들여다보았다. 휘

발되는 것들 가운데 선 누군가가 매달릴 수 있는 단단하고 구체적인 손잡이를 만들고 싶었다.

이야기를 모으기 위해 여러 사람의 집을 방문해 왔다. SNS를 통해 인터넷 친구들을 대상으로 인터뷰이를 구했다. 자기 집에 오라며 취지에 공감해 주는 사람이 많아서 기뻤다. 책을 함께 쓴 김정민 건축가도 자기 집을 보여주겠다는 이들 중 하나였는데, 뜻이 맞아 프로젝트에 합류해 여기까지 함께 오게 되었다. 친구나 지인들로 시작했지만 생판 모르는 사람의 집에 초대받기도 했다. 그들은 모두 자기 집에 찾아와주어서 고맙다고 말했다.

하지만 남의 집에 드나드는 일은 사실 나 자신에게 가장 필요한 일이었다. 방문한 집들은 진귀한 발명품으로 가득했다. 저마다의 삶을 기념하기 위해 고안된 발명적 공간, 그 고귀한 고민의 흔적을 목격할 때마다 오히려 내 삶을 지속할 힘을 얻곤 했다. 팔리지 않는 발명품을 만들고 있는 일상의 발명가들에게 이 책을 바친다. 팔리지 않는 것들로 만든 이 책이 많이 팔렸으면 한다. 우리의 이야기가 많은 이들에게 최대한 널리 퍼질 수 있기를 바란다.

이윤석

차례

3장. 일상의 발명가들

4장. 우리를 담을 집

1장

솔직하게
만들어가는 집

여지의 여지

이윤석

은평구 녹번동의 자아 씨는 "어떤 집을 찾고 있었느냐"는 질문에 "여지가 있는 집"이라고 대답했다.

"여기에 소파를 놓고 여기에 텔레비전을 놓을 수밖에 없는 집 말고요. 집에 들어선 순간 여기는 이렇게 쓸 수도 있겠다, 여기에는 이게 있으면 좋겠다, 할 수 있는 집을 찾아다녔어요. 말하자면 '집 속에 있는 나'를 상상할 수 있는 집이요."

이사한 지 2년이 넘은 집에서 그는 여전히 여지를 찾고 있었다. "베란다에 욕조를 놓을 수 있을 것 같지 않아요?", "집에 오피스를 만들고 싶은데 공간을 어떻게 분리할까요?" 하면서.

그의 집에 다녀온 뒤 '여지餘地'라는 단어가 계속 마음에 남았다. 여지, 여지… 그 익숙하면서도 생소한 단어를 발음해 보다가 뜻을 검색해 보았다. 명사로는 '남은 땅', 의존명사로는 '어떤 일을 하거나 어떤 일이 일어날 가능성이나 희망'이라는 뜻이었다. 명사와 의존명사의 뜻이 자기충족적으로 연결된다는 생각이 들었다. '남은 땅'이 있어야 '어떤 일을 하거나 어떤 일이 일어날 가능성이나 희망'을 가질 것 아닌가? 그렇다면 지금 내가 살고 있는 이 집에는 어떤 여지가 있었던가.

공간의 여지는 우리의 일상에 생각보다 더 큰 영향을 미친다. 최근 지인의 사무실에 놀러 갔을 때 들었던 이야기를 떠올렸다. 그 당시 그는 1인용 크기의 사무실을 떠나 혼자 쓰기에는 꽤 큰 공간으로 옮긴 상태였는데, 이사를 한 뒤 만드는 작업물의 크기가 커지고 있다고 했다. 의도적이라기보단 자연스럽게 몸집이 커졌다랄까? 이전에는 1인용 책상에서 만들 수 있는 크기의 작업만 했는데, 이제는 작업이 공간을 꽉 채울 정도로 커졌다고 한다. 자기가 이렇게 큰 무언가를 만드는 데에 관심이 있었는지 몰랐다면서. 공간이 클수록 만드는 작업물의 크기도 커질 수 있는 건 당연한 사실이지만, 커진 공간이 큰 작업물을 만들도록 영향을 주리라고는 생각해 본 적이 없었다.

어떤 특별한 작업물을 만들어내는 사람에게만 국한된 이야기가 아니다. 엊그제는 저녁 메뉴로 양배추 볶음밥을 만들고 있었다. 간이 조금 심심할 것 같아 된장국도 끓이기로 마음먹었다. 국에 넣을 채소와 두부를 자르기 위해 도마를 꺼내려다가 싱크대 위를 보았다. 만드는 요리에 비해 과하게 많은 도구가 널려 있었다. 도마를 다시 집어넣었다. 볶음밥에 간을 조금 더 세게 하고 말기로 했다.

밥을 다 먹고 나서는 요즘 준비하고 있는 건축사 시험공부를 하려 했다. 이 시험은 가로 60센티미터, 세로 45센티미터의 제도판을 사용해 손으로 도면을 그려 답안을 작성해야 한다. 그런데 또 이 빌어먹을 작도는 준비물이 한두 개가 아니다. 샤프 5종 세트, 크기별 삼각자 3종 세트, 용도별 막대자 3개, 형광펜, 지우개, 지우개 가루 제거용 탁상 빗자루 등. 그리고 이것들을 정리할 큼지막한 수납함이 필요하다. 시험공부를 하려면 어제 원고를 쓰다가 어지른 책상을 치우고 제도판을 올려놓을 자리를 마련해야 하는데 마음먹기가 쉽지 않았다. 다른 건축가들의 집에는 모두 가로세로 60×45센티미터 크기의 건축사 시험만을 위한 공간이 마련되어 있었던 걸까? 주택을 설계할 기회가 생긴다면 시험공부를 위한 공간을 따로 설계해야겠다고 생각했다. 이런 쓸데없는 불평을 하며 커피를 내리러 거실로 향하다가 그만 제도판에 발가락을 찧고 말았다. 이 지겨운 제도판 때문에 시험을 포기하고 싶었던 적이 몇 번 있었다. 공간의 여지는 가능성을 열고 닫는다.

2030세대의 주거난을 해소하기 위한 다양한 정책들이 있다. '중소기업취업청년 전월세보증금대출', '청년전세임대주택', '청년안심주택'…. 나도 그랬고 내 지인도 여럿 이 제도들을 이용해 집을 구했기 때문에 고맙긴 하다. 하지만 세상에 공짜는 없다. 나처럼 불온한 사람의 눈에 일부러 헷갈리도록 지은 듯한 이름의 이 정책들은 돈을 빌려주는 대신 청년들에게 '청년다움'을 요구하는 것처럼 보인다. 국가가 정의하는 청년의 모습대로 살아갈 수밖에 없도록 만든다.

정부가 상상하는 청년은 원룸에서 자취한다. 그래서 청년 대상 정책에서 1인 가구를 대상으로 공급하는 주거 유형은 소위 '원룸형'이 대부분이다. 한국인들의 머릿속에 있는 원룸의 크기는 약 14제곱미터. '최소 주거면적'이라 하여 법으로 규정된 크기다. '최소 주거면적'이라는 개념은 "쾌적하고 살기 좋은 생활을 영위하기 위하여 필요한 최소한의 기준"을 확립하고자 2004년에 처음 법제화되었다. 제정 당시에는 12제곱미터로 시작해 2011년에 14제곱미터로 선심 쓰듯 수정되었다. 14제곱미터라면 가로 3.5미터, 세로 4미터가량의 공간에 화장실이 포함된 방이다. 설문이나 경험을 토대로 설계된 치수가 아닌, 최소한의 가구 배치가 가능한 면적이다. 방, 주방, 화장실이 서로 맞물려 있어 거주자가 가까스로 '살 수는 있게', '움직일 수는 있게' 만든 칸이다.

'최소'라는 기준은 작두로 쓰인다. 시대가 아주 오랜 시간에 걸쳐 고안해 낸 극도로 효율적인 평면도를 칼날 삼아 삶의 여지를 도려낸다. 시대라는 도곽 안에 들어와 있지 않은 삶은 과정일 뿐이라 여기고, 과정이 된 삶들은 아무렇게나 최소로 방치되어도 상관없다고 말한다. 삶의 방식이 다양해지고 가족의 개념이 다시 정의되고 있는 지금, 어떤 사람들이 선택한 삶의 모양은 서서히 청년이라는 틀 안에 박제되고 있다. 박제된 청년은 최소한으로 살아야만 하는, 최소한으로 살 수밖에 없는 존재가 되어버린 것만 같다.

그래서였을까? 최근 몇 년간, 집을 보러 다닐 때 공인중개사에게 묻는 나만의 질문이 생겼다.

"좀 특이한 집 없을까요? 반듯한 집 말고요. 방이 사각형이 아니라든지 창문이 동그란 그런 집이요. 면적은 작은데 발코니나 베란다가 있어도 좋고요, 아니면 지붕이 경사진, 그런 집 없을까요?"

예전부터 특이한 모양의 공간에 대한 로망이 있었기 때문일까? 가령 오래된 아파트나 다세대주택에서 볼 수 있는 원형으로 돌출된 공간 같은 걸 꿈꿔왔다. 모양이 다 제각각이어서 재미있는 공간. 해외여행 마지막 날, 뭐라도 사 가야 할 것 같은 마음에 샀던 골동품 따위를 놓아두면 어울릴 지름 60센티미터의 반원형 공간에서부터, 베란다를 모두 터서 흔들의자를 놓는다면 좋을 배부른 모양의 3미터짜리 거실 벽까지. 내가 사는 집에 특별하다고 생각할 만한 구석이 있었으면 좋겠다고 생각했다.

특히 2018년 겨울에는 반드시 특별한 집을 찾고자 애를 썼던 기억이 있다. 반려인과 함께 살 첫 집을 구하려 했기에 더 그랬다. '좀 특이한 집 없냐'는 질문으로 무장한 채 부동산 직원들을 귀찮게 했다. 혹한의 날씨에 "한 개만 더 보여주세요. 또 다른 집은 없나요?" 하며 방배동 일대를 샅샅이 뒤졌다.

그때 방문했던 곳 중 기억나는 첫 번째 집은 나무가 울창하게 자란 초등학교 옆에 있었다. 건물 주변이 나무로 가득했다. 맞은편에는 종교 시설이 있었는데 건물 정면에 성모 마리아로 추정되는 조각이 새겨져 있었다. 그 집 주방에는 폭이 약 1.2미터 정도 되는 반원형 공간이 벽 바깥으로 튀어나가 있었는데, 그 곡면을 따라 창이 나 있었다. 곡면 창을 열었다 닫았다 할 때 나는 "드르륵" 하는 가벼운 소리가 좋았다. 상상해 보았다. 어느 일요일 아침, 잠에서 깨어나 방문을 열고 나와 보니 둥그런 창으로 하얀 아침 빛이 들어온다. '뭐라도 만들어봐야지' 하고 마음먹으며 둥근 창을 연다. 같이 사는 고양이 태풍이가 창틀로 뛰어 올라온다. 열린 창으로 근처 교회에서 부르는 정박자의 찬양 소리가 들려오는데, 나쁘지 않다. 엊그제 사다 놓은 빵을 해동하는 동안 커피를 내리고 창가 식탁에 앉는다. 이 창이 있는 집에서는 무언가 새로 시작할 마음이 생겨날 것 같았다. 이 집에서 살게 된다면 창문 앞 반원형 돌출 부분에는 맞춤형 가구를 놓으리라 다짐했었다.

두 번째 집은 약수역 근처였는데, 건물이 가로로 매우 긴 직사각형이었고 외벽이 목재로 덮여 있었다. 석재로 마감하는 대개의 건물과 달라 신경 써서 만든 건물이라고 생각했다. 1층에는 특이하게도 갤러리가 있었다. 우리 집을 소개할 때마다 "우리 집 1층엔 갤러리가 있어요" 따위의 말로 나의 지적 허영을 충족시킬 수 있을 것만 같아 마음에 쏙 들었다. 아주 길쭉한 직사각형의 집 거실에는 아일랜드형 주방이 딸려 있었는데, 보통의 주거 공간에는 주방이 거실 한 끄트머리에 있다면 이 집의 주방은 거실의 가로면을 따라 길게 배치되어 있었다. 그 끝에 침실이 있었고 침실 안에 화장실이 있었다. 집의 한 끝에서 맞은편 끝까지 뛰어가는 태풍이를 상상했다. 지금 사는 집과 크기는 비슷했지만 한쪽으로 긴 형태라 태풍이가 펄쩍펄쩍 뛰어다니기에 참 좋은 집이라고 생각했다. 일반적인 가구 배치를 하는 것은 단박에 잘 상상이 되지 않아서 급하게 줄자로 치수를 기록한 뒤, 집에서 3D 프로그램을 사용해 가구를 배치해 보기도 했다.

집을 찾아 헤매던 2018년의 나는 아마 알고 있었을 것이다. 아무리 샅샅이 뒤져도 14제곱미터라는 최소한의 면적에서 벗어나기는 힘들 것이라는 사실을 말이다. 그럼에도, 어쩌다 만들어진 공간이 존재하는 특이한 집에는 여지의 여지가 있을지 모른다고 기대했으리라. 네모나고 반듯한 공간이 아닌, 모난 집의 모서리에만 달라붙을 수 있는 나만의 공간 속 시간을 기대하며 부동산의 문턱을 넘나들었을 것이다.

지금도 기대하는 감각을 잃지 않으려 노력하고 있다. 2년이 넘게 살아온 집에서도 꾸준히 여지를 찾고 있는 자아 씨처럼, 끈질기게 기대하며 새집의 문을 두드리는 것이 내가 찾던 여지 있는 미래를 열어줄 것이라 믿기 때문이다. 굳이 모난 집을 찾는 인생은 무지하게 피곤하다. 지하철역에서 너무 멀다는 이유로, 보증금이 적긴 하지만 월세가 부담된다는 이유로 2018년에 발견한 멋진 두 집을 포기한 나처럼 말이다. 나는 의지가 모자라서 된장국을 포기한 것이 아니다. 건축사 시험에도 더 빨리 붙을 수 있었다. 단지 내가 사는 평면도에는 여지가 없었다.

정 붙이고 녹 붙이고

김정민

"사람들을 집에 부르는 이유가, 집에 계속해서 녹을 쌓아가듯이 추억을 쌓아가고 이야기를 만들어가려는 거야. 그게 내가 가진 전부니까."

'녹綠을 쌓는다'는 표현을 아무래도 자아 씨에게서 처음 들어본 것 같다. '녹'을 목적어로 사용하는 일은 기껏해야 '녹을 없애다', '녹을 방지하다' 정도가 아니었나. 그 녹을 집에 쌓는다고?

어느 정도 연식이 되어 보이는, 옅은 노란색 페인트가 칠해진 집이다. 적벽돌 건물들 사이에서 연노랑 건물은 갑자기 바르셀로나로 들어온 듯한 느낌마저 준다. 집 마당에 있는 거울을 보고 있으니, 매일 아침 이 거울을 보고 매무새를 정리하며 나서는 자아 씨의 모습이 눈에 선하다. 자아 씨네 집은 그의 말처럼 정말로 방마다 녹이 쌓여 독특한 분위기를 자아내고 있었다. 들어서자마자 손님을 맞이하는 건 나뭇결무늬의 장판이나 강화마루, 강마루가 아니다. 특이하게도 포세린 타일을 마주하게 된다. 안으로 한 발짝 들어서면 좌우로 넓게 트인 거실 겸 주방이 있다. 거실과 주방을 나누는 특별한 경계는 없고, 가구들을 배치해 공간을 분리함으로써 각 공간이 자신의 영역을 만들어내고 있다.

좌측에 위치한 거실은 거실이긴 하지만, 아무래도 텔레비전이 없어서인지 전통적인 의미의 거실로 쉽게 정의되지 않는다. 짙은 파란색 소파와 그 아래 깔린 청록색 러그, 그리고 맞은편엔 소파보다 최소 30년은 먼저 만들어진 것 같은 나무 협탁이 있다. 이제 고개를 돌려 우측을 보면 동그란 테이블과 그 위엔 마찬가지로 동그란 펜던트 조명이, 그 아래엔 붉은 빛깔의 아라비아 카펫이 깔려 있다. 자아 씨는 이곳을 식사하는 공간으로 사용하는 듯했다.

더 안쪽으로 들어가면 나오는 서재 겸 작업실은 어두운 색 가구로 가득했다. 그 가운데는 큰 회사의 대표실에나 있을 법한 크고 짙은 색상의 책상이 자리했는데, 주로 작업할 때 쓴다는 이 책상의 출처는 다름 아닌 구세군회관이라고 했다.

충정로와 서대문 사이에 있는 '구세군 호텔용품 재활용 사업센터'. 기부받은 호텔용품을 배분하거나 판매해서 노숙인, 쪽방 생활인을 대상으로 복지사업을 하는 단체다. 나도 몇 번 들른 적이 있다. 회사가 근처라 점심을 먹고 우연히 지나가다가 보게 됐는데 눈이 회까닥 돌아버리고 말았다. 빈티지풍이 아닌 꼭 벼룩시장에서 팔 법한 진짜 빈티지 제품이 가득했고 나는 홀린 듯이 꽤나 맘에 드는 컵을 두 쌍 샀다. 손잡이가 없는 것은 천 원, 손잡이가 있는 건 2천 원이었다. 초대한 손님들 앞에서 이 컵들을 꺼낼 때 돌아오는 반응은 언제나 신기하다는 표정이다. 도대체 이런 컵은 어디서 살 수 있냐고, 빈티지 느낌으로 만든 수준이 아니라 진짜 빈티지 같다고 말한다. 얼마냐는 물음에 가격을 답하면 더욱 말도 안 된다는 반응이 돌아온다. 그럴 때면 난 으레 "구세군회관에서 샀어" 하며 그곳이 어떤 곳인지 자랑하듯 떠들곤 한다.

자아 씨는 한창 회장님 책상을 보며 감탄하는 나에게 거실에 있는 오래된 나무 협탁도 구세군회관에서 '업어 온' 거라고 했다. 가구는 무거워서 구매할 생각도 못 했는데 구매하면 바로 배송 업체까지 연결해 준다나. 조만간 꼭 들러서 멋진 물건을 하나 득해야겠다고 다짐했다.

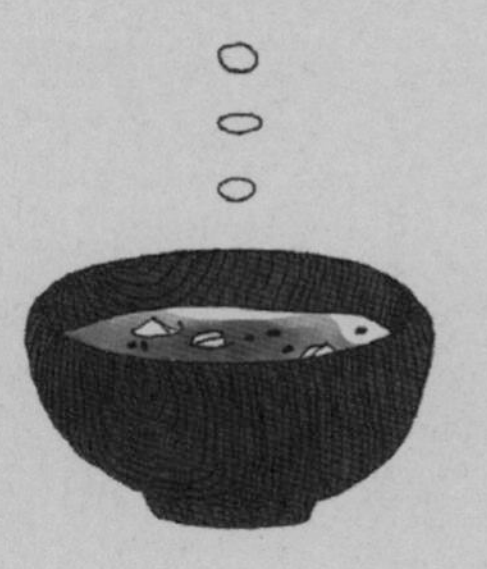

서재 겸 작업실이 너무 답답하진 않았으면 좋겠다는 자아 씨의 바람대로, 문 대신 목각 구슬로 만든 문발이 드리워져 있었는데, 이 목각 구슬이 모여 눈eye의 형상을 만들어냈다. 자아 씨의 집은 그야말로 이 찰랑찰랑한 문발처럼 생동감이 넘실거렸다. 그의 말대로 정이 붙고 녹이 붙어서일까. 마치 여러 시간이 중첩된 동네를 돌아다니는 기분이었다.

집을 새 물건들로 가득 채울 수도 있다. 하지만 경제적 여건이 허락된다고 해서 반드시 그래야만 하는 것은 아니다. 여러 번 이사를 다니면서도 처분하지 않고 같이 살아왔던 가구와 함께하는 생활 방식도 엄연히 존재한다. 반려동물, 반려식물뿐만이 아니라 반려책상, 반려식탁, 반려조명이라 생각해 보는 건 어떨까. 집을 '하우스house'가 아니라 '홈home'으로 만드는 힘은 여러 시간이 녹아 있는 데서 자라난다.

여러 집을 방문해 보면 그중엔 '사람이 읽히는 집'이 있는데 자아 씨의 집이 딱 그랬다. 그러한 구석은 신기하게도 인테리어 요소뿐 아니라 건물의 외벽에서마저 느껴진다. 이 집의 외벽은 '종석 뜯기 마감'으로 되어 있다. 간단히 말해 조금 큰 덩어리의 돌가루를 벽에 바른 후, 못 같은 것으로 긁거나 뜯어내어 굳힌 것이다. 2010년 즈음부터 유행하던 공장이나 폐허 같은 분위기의 인더스트리얼 카페에서(그중 조금은 위생을 생각한 곳에서) '인더스트리얼한 분위기'를 가미하고자 많이 사용하는 마감이다. 최근엔 외벽에 많이 사용하곤 하는데, 꽤 거친 마감 방식이라 할 수 있다.

그런데 이 집에서는 우둘투둘한 마감을 외벽뿐 아니라 주방 옆 발코니에서도 만날 수 있다. 어떻게 된 일일까 생각해보자면 아마도 이 발코니는 원래 없었던 공간일 것이다. 건물 외부에 바닥과 외벽을 새로 만들어 실내화한 공간, 그 공간이 지금의 이 발코니가 됐을 것이다. 그렇게 이중으로 만들어진 외벽 덕에 집 안에 외벽이 들어와 있는 형국이 됐다. 매끄럽지 못한 이 실내 벽은 거실 바닥의 포세린 타일, 주방 찬장에 붙은 알록달록한 시트지, 서재의 조각조각 난 패브릭 타일, 제작 시기를 알 수 없는 가구들과 함께 그야말로 집 안 곳곳에 생명력을 더해준다.

집에 정을 붙이는 건 이름이 없는 가구와 집 곳곳에 이름을 붙여 불러주는 것과 같다. 그리고 그 안에서 만나게 되는 사람들도 그렇다. 이제는 이름 가진 가구들로 이루어진 집에 사람들을 부르는 이유가 집에 정을 쌓고 사람들과 이야기를 만들기 위함이라며 그게 본인이 가진 전부라던 자아 씨의 그 말은, 집을 부동산으로만 보는 사람들에게 외치는 당찬 선언으로 들렸다.

서른이 넘어가면서 주변에서 부동산에 관한 대화가 일상적으로 들리기 시작했다. 그래서인지 여기저기에 우후죽순 솟아나는 아파트의 모습이 눈에 더 잘 들어온다. 그 수많은 집 가운데 하나가 내 집이었으면 하는 마음도 한편에 조금 있지만, 지금 살고 있는 집에게는 들리지 않게 작게만 말한다. '저 집이 내 집이었으면…. 아니야 아니야, 오해야 잘못 들은 거야. 우리 집 사랑해' 하면서.

그러다가도 '내가 이 집에 쌓은 녹이 얼만데…' 생각하면 감히 들이닥쳤던 생각은 다시 쏙 들어가 버리고 만다. 이사하고 얼마 되지 않았을 때 집들이라는 명목하에 여러 친구들을 초대하곤 했다. 각 그룹의 특성에 맞춰 음식을 준비하고 심지어 식탁에 하나씩 올려놓을 메뉴판까지 디자인하며 정성스레 준비했었다. 친구들은 음식과 같이 곁들일 와인이나 전통술 등을 가져와 함께 마시고 먹었다. 작은 집이지만 좋아하는 사람들을 초대해 집 여기저기를 소개할 때면 실로 개츠비가 된 기분까지 들었다.

"이건 내가 직접 만든 책장이야."

"원래 천장까지 닿았던 찬장인데 너무 높으니까 오히려 조금 불편하더라고. 그래서 반으로 잘라서 두 개로 만들었어."

"이 조명은 이사하면서 새로 달았어."

값비싼 가구는 아닐지언정 각 가구에 담긴 애정은 럭셔리 가구를 대하는 마음에 못지않다. 오히려 차마 버리지 못하고 지난 집에서부터 꽁꽁 싸매어 이고 지고 가져오기까지 한 건 애정이 깊이 담긴 탓이다. 비록 새 집이 아니더라도, 넓은 집이 아니더라도, 이 집에 쌓은 정과 이곳에서 이야기를 만들어가는 것. 나에게도 그게 전부일지 모르겠다.

체리 지옥 화이트 천국

이윤석

건축설계를 하루 여덟 시간씩 한 지 8년이 넘었다. 그동안 일상에서 가장 많이 사용한 단어는 무엇이었을까? 혼자 중얼거리는 것까지 합친다면 "어떡하지", "모르겠다" 혹은 "신이시여"와 같은 절망의 표현이었을 것이다. 하지만 혼잣말을 제외하고 대화에서 가장 자주 사용했던 표현은 다름 아닌 "깔끔하다"였을 것이다.

건축가라는 직업이 물질과 공간에 질서를 부여하는 일이기 때문일까? 동료들과 함께 하는 회의에서도, 나 홀로 선을 그으며 도면을 그릴 때도 모든 논의와 고민의 결말은 '어느 편이 더 깔끔한가?'로 결론이 나곤 했다. 내가 이 단어를 과하게 자주 사용한다는 것을 의식하고 나서부터 더 자주 사용하게 된 기분이다. 그렇지만 한편으로는 '깔끔하다'라는 단어를 조심해야 한다고 생각한다.

"나 어제 쇼핑하러 가서 재킷 샀잖아. 완전 예쁘지?"

"오, 완전 깔끔한데?"

"팀장님, 제가 만든 발표 자료 어떤 것 같아요?"

"깔끔하네요."

"와, 우리 숙소 잘 골랐다. 자기는 맘에 들어?"

"깔끔하네!"

깔끔하다는 표현은 질문의 요지나 의도를 은근하게 비껴간다. 때론 동문서답 같기도 하다. 깔끔해서 예쁘다는 것인지, 그저 깔끔하기만 하다는 것인지 명확하지 않다. 대답하는 이의 표현력이 부족한 탓에 그 단어를 쓴 건지, 단어를 선택하는 데 드는 노력조차 아깝기 때문에 대충 선택한 것인지 알 수 없다.

그럼에도 이 '깔끔하다'라는 단어는 칭찬의 표현으로 활발히 활동하고 있다. 옷, 식기류, 가구나 생활용품처럼 시각적인 가치가 중요한 상품들은 곧잘 '깔끔함'을 장점으로 내세운다. 미각이나 청각을 만족시켜야 하는 상품도 그렇다. 음식은 '깔끔하게' 맛있고 스피커에서 나오는 소리는 '깔끔하게' 들린다.

글을 쓰고 있는 지금, 내 앞에 놓인 마우스패드를 검색창에 입력해 검색 결과에 뜬 첫 번째 쇼핑몰을 클릭해 보았다. 제품 상세 페이지를 보니 내가 산 마우스패드도 역시 '깔끔한 마감'을 장점으로 내세우고 있다. 깔끔하다고 해서 샀던 것 같기도 하다.

주거 공간 인테리어도 역시 깔끔한 것이 트렌드다. 깔끔한 맛이나 깔끔한 소리가 무엇인지에 대해서는 다양한 의견이 있을 수 있지만, 깔끔한 인테리어에는 비교적 절대적인 공식이 두 가지 있다. 불행인지 다행인지 모르겠지만 일단 요즘은 이렇게들 말한다.

"첫째, 공간의 바탕이 되는 재료는 무난하고 검증된 것으로 고른다. 사람들이 많이 선택하는 자재는 시공이 완료된 예시 사진들이 풍부해 디자인을 상상하기 쉽다. 또, 작업자들이 이미 시공해 본 경험이 있어 평균 이상의 시공 품질을 기대할 수 있다. 이런 이유에서 벽과 천장은 절대적으로 하얀색이어야만 한다. 공들여 만든 깔끔한 화이트 천장과 벽이 돋보이도록 눈에 거슬리는 것들은 최대한 제거해 주자. 반드시 붙여야만 하는 콘센트 같은 하드웨어들도 모두 화이트로 통일하자.

바닥은 대리석이 좋겠다. 비슷한 톤으로 맞추는 것이 공간을 최대한 넓어 보이게 만들 수 있으니 대리석 역시 화이트 계열로 선택하자. 대리석은 물걸레로 스윽 닦아주기만 하면 되니 유지·관리도 쉽고 유럽풍의 고급스러운 느낌을 연출할 수도 있다. 요즘은 부드럽고 자연스러운 느낌을 원해 바닥재로 원목마루를 선택하기도 한다. 원목마루는 최대한 옹이가 없고 패턴이 균등한 것으로 고르자. 너무 특이한 걸 고르면 가구와 잘 어울리지 않는다. 명심하자. 집은 어느 누가 들어와서 살아도 어떤 물건이 들어와도 두루두루 어울리는 배경이 되어야 한다. 너무 특이한 인테리어를 한 집은 가치가 떨어진다. 나중에 집을 팔 때 손해 볼 수 있다.

둘째, 몇 가지 기본적인 디테일을 챙기자. 특히 몰딩은 최대한 없애자. 몰딩이란 천장과 벽, 바닥 등 재료가 만나는 부분을 가리기 위한 마감재다. 예를 들어 천장과 벽이 90도로 만나는 부분은 벽지를 정확하게 시공하기에 까다롭다. 그래서 이 부분에 몰딩을 부착해 벽지에 생긴 주름을 가려주는 것이 전체적인 시공의 퀄리티를 높아 보이게 만든다.

한국인에게 가장 친숙한 몰딩은 크라운 몰딩인데, 그리스 신전 느낌을 주는 굴곡진 모양을 상상하면 된다. 2015년 이전에 인테리어 공사를 한 가정집에서 흔히 볼 수 있다. 몰딩은 가능하다면 무조건 없애주는 것이 좋다. 집 안의 모든 바닥과

HAP

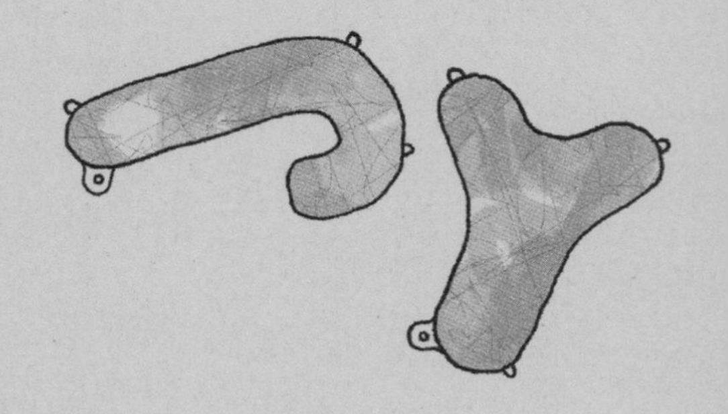

천장을 액자처럼 두르고 있는 몰딩이 공간을 지저분해 보이게 만들기 때문이다. 하지만 몰딩을 쓰지 않기 위해서는 기존 벽 마감을 모두 제거하고 새로운 벽 마감을 시공해 몰딩을 음각으로 처리해야 하므로, 예산이 빠듯한 주거 공간에서는 어쩔 수 없이 몰딩을 사용하는 경우가 많다.

요즘은 화려한 모양의 크라운 몰딩 대신 심플한 직사각형 모양의 단면을 가진 평 몰딩이 널리 사용되고 있다. 이것도 괜찮은 대안이긴 하다. 몰딩은 나날이 진화하고 있다."

…라고 많은 인테리어 업자들이 설명하는 추세다. 이 공식에서 '깔끔함'이라는 표현과 함께 쓰이는 단어들에 눈이 간다. '무난한', '검증된', '많이 선택하는', '평균의', '심플한', '유지·관리에 용이한', '손해', '두루두루 어울리는' 등의 표현들이 있다. 한결같이 무난하다. 이런 무난함만 강조하는 흐름에 나는 좀 회의적이다. 어떤 유형의 몰딩을 사용해야 할지, 어떤 색의 콘센트 커버를 선택할지 그토록 치밀하게 고민한다는 것은 어떤 의미일까.

내가 살아온 공간은 모두 이전 세대가 만든 공간이었다. 그 공간에는 이전 세대의 트렌드가 지박령이 되어 나를 끈질기게 괴롭히곤 했다. 텔레비전에서 광고하는 집이나 관찰 예능에서 보여지는 뽀얀 집들과는 다르게, 나의 예산 내에서 고를 수 있는 집들은 늘 알록달록했다. 1980~90년대의 트렌드였던 옥색과 고동색의 몰딩과 걸레받이, 여기가 텔레비전을 걸어야 하는 자리임을 지나칠 만큼 강조하고 있는 거실 한편의 아트월, 2000년대 유행했던 꽃무늬 문짝의 냉장고, 그리고 그것과 똑같은 무늬의 포인트 벽지에서 벗어날 수 없었다. 그 공간들은 내가 가져온 무인양품 소파와 어울리지 않았다. 모든 것을 튕겨내는 신경질적이고 반짝이는 붉은색과 무인양품의 소탈하면서 섬세한 섬유 조직은 근본적으로 같은 공간에 존재할 수 없는 두 개의 다른 세계임이 틀림없었다.

그동안 내가 겪어온 이런 고통을 고려한다면 우리 세대가 왜 그토록 '깔끔함'을 추앙하는지 이해할 수 있다. '무난함', '심플함', '두루두루 어울리는'과 같이 평균적이고 두루뭉술한 단어들이 내가 기대할 수 있는 최대한의 것이 아니었을까? 이사할 집을 찾아다니며 '꽃무늬만 없어라', '그냥 흰색이기만 해라'라며 자조 섞인 혼잣말을 되뇌던 시간 속에는 나의 취향을 주장할 여유가 없었다. 의류 쇼핑몰의 탑5 키워드가 '데일리', '미니멀', '기본템', '베이직', '블랙 앤 화이트'인 것이 이해되고도 남는다.

그래서인지 깔끔한 무채색의 화이트톤 인테리어가 트렌드

로 떠오르면서, '체리 지옥'이라는 신조어가 등장했다. 여기서 체리는 적갈색의 체리목cherry wood과 유사한 색상으로 도장된 체리 몰딩을 의미한다. 1990년대만 해도 고급스러운 목재 느낌을 연출하기 위해 인테리어에 대중적으로 사용되던 소재였다. 한국에서 30년이라는 시간은 유행도 지옥으로 만들기에 충분한 시간이다. 2020년대인 지금, 미디어에선 '체리 지옥'이라는 표현을 내세워 인테리어 공사가 어떻게 체리 지옥을 세상에서 가장 하얀 집으로 변모시키는지 보여준다. 내 주변의 많은 사람들이 집의 몰딩을 하얗게 칠했다. 화이트가 평균이고 천국인 시대가 내 집을 평균적이지 못한 지옥으로 만들어버렸기 때문이다.

나는 깔끔함의 탈을 쓴 무난함을 경계하고 있다. 무난함은 평균이라는 개념을 만들고, 그 개념은 우리를 수동적으로 만들기 때문이다. 조금 더 해보고 싶을 때 고민하게 만들고, 다른 방향으로 가보고 싶을 때 멈칫하게 만든다. 무심히 쓰는 단어들이 몸과 마음의 활동 반경을 조용하게 제어한다.

그래서 언젠가부터 나는 일상에서 평균의 개념을 없애기 위해 혼자만의 운동을 시작했다. 그중에는 습관처럼 썼던 '깔끔하다'나 '무난하다'와 같은 표현을 쓰지 않는 직접적인 활동도 있지만, 매일 만나는 일상적이고 특별할 것 없는 주변에 의

문을 품는 활동도 있다. 평균 속에 살면서 그에 대해 질문하는 순간, 평균은 다른 의미를 갖게 되거나 보이지 않던 것을 발견하게 해준다. 질문하기 위해 매일 관찰하는 대상은 내가 살아가는 동네나 건물이 되기도 하고, 그 건물의 뒷골목이 되기도 하며, 그 골목과 건물을 세우는 법이나 제도로 확장되기도 한다. 우리 집 천장의 몰딩도 그 대상이 된 적이 있다. 생각해 보면 세계 어디에서도 찾아볼 수 없는 지옥의 체리 몰딩이 내 바로 이전 세대의 인테리어를 대표하는 지표이자 역사이며, 어떤 단서이지 않은가!

깔끔함은 이제 하나의 선택지이자 도구로 남겨두고 싶다. 내가 만든 적 없는 공간에 사는 지박령을 물리칠 때 쓰는 응급처치 용구다. 쓰고 버린다. 한번 다 가려보았다면 이제 무엇을 보여줄지 고민할 차례다. 가리지 않는다면 어떻게, 무엇을 드러낼지 생각해 본다. 조금 더 너저분하거나 흔적이 많이 묻은 솔직한 공간일 수도 있다. 모양이 좀 다른 모난 공간일 수도 있겠다. 벽이 없거나 구멍이 나 있을 수도 있다. 체리 몰딩이 체리 모양이면 또 어떨까. 평균 말고 조금 더 과해지려고 시도한다.

집은 ing

이윤석

"찌-익."

침대에 걸터앉는 순간 처음 들어보는 소리가 났다. 매트리스가 주저앉았고, 가슴도 철렁 내려앉았다. 침대에서 난 소리만은 아니길 바랐지만, 침대에서 난 소리일 수밖에 없다고 생각했다. 재난 영화에서 들어본 소리였다. 강철로 만든 교량이 무너지며 내는 생경한 소리. 침대 갈빗살이 빠진 거겠지? 긍정회로를 가동하며 매트리스를 살살 들어 올린 순간 경악했다. 침대의 중심을 가로지르는 철재 막대가 부러져 있었다. 건축물로 비유하자면 바닥을 지지하고 있던 보가 무너진 셈이다.

이 침대는 스웨덴 회사인 이케아에서 샀는데, 스웨덴 사람들은 한국 사람들보다 기본적으로 체구가 크지 않던가? 우리가 두 명 합쳐서 150킬로그램이긴 한데, 어떻게 킹사이즈 침대라고 만든 것이 망가질 수 있는 거지? 항의해야 하나? 고쳐야 하나? 교환이나 환불을 받아야 하나? 그 순간만큼은 내 마음속이 재난 영화보다 혼란스러웠다.

머리로는 당연히 알고 있었다. 지금 당장 마스크와 장갑을 준비해 마음을 추스르고 침대를 분해하여 집 밖으로 빼내야만 한다는 것을. 그다음 폐기물 수거 업체에 연락해 만 원을 내고 침대의 잔재를 완벽하게 치워야 한다는 것을. 그렇게 지체 없이 문제를 해결해야만 마음의 평화를 얻을 수 있다. 집 안에 아무 문제가 없는 평형의 상태를 만들어야 한다.

하지만 진정한 안식은 새 침대가 와야만 비로소 얻을 수 있다. 침대를 집 밖으로 끄집어냈다는 사실에 안도할 시간도 없이 가능한 한 빨리 이케아 웹사이트에 들어가 디자인과 기능을 동시에 충족하는 침대를 골라야 한다. 침대는 내 차로 옮길 수 없으니 4만 9천 원을 내고 배송받아야겠지. 조립 서비스가 6만 원인데, 그러기에는 조금 비싸니 직접 조립하자. 손이 며칠 동안 얼얼하게 붓는 건 감당할 수밖에 없다. 그리고 이 모든 프로세스는 군더더기 없이 빠르고 효율적으로 처리해야만 한다. 완성이라고 여겨지지 않는 상태로 사는 것은 단 하루라도 단축해야 한다. 나는 너무 바쁘고 피곤해서 여기에 소비할 시간과 에너지가 남아 있지 않기 때문이다.

1년 전까지만 해도 집을 가꾸는 행위를 사랑했다. 12평짜리 공간의 가능성에 대해 무척 열성적으로 고민했다. 심지어 이케아 가구를 조립하는 행위도 사랑했다. 사랑보다 집착에 가까웠던 것 같기도 하다. 뻔한 크기의 공간을 뭐 얼마나 다양하게 변화시킬 수 있었겠냐마는, 더 나은 공간을 만들고 싶다는 욕구가 계속 새롭게 생겨났다. 그래서 그런 욕구를 만족시켜 줄 가구나 장식품들을 더하고 빼고 옮기기 일쑤였다. 거실, 안방, 작업실도 여러 번 바꿨지만 화장실을 가장 자주 손봤다. 특히 수건걸이 아래 배치한 수납 가구가 마음에 들지 않아서 여섯 번 정도 교체했다. 끝내 실패하고 지금은 아예 없애버렸다. 물론 언제든 다시 사고 싶어질 수도 있다.

최근에는 고양이와 함께 살게 되면서 그를 위한 공간을 마련하느라 골치 아팠다. 이사 가는 집처럼 쓰레기를 몇 포대씩 버리며 집을 갈아엎어 공간을 최대한 확보하고, 개방형 옷장을 개조해 그가 놀거나 쉴 공간과 지나다닐 통로를 마련해 주었다. 창가에는 고양이와 사람이 함께 쓸 수 있는 캣타워형 수납 가구를 배치해서 평화로운 공존을 도모했다. 바닥에는 여러 가지 카펫을 깔아 그가 뛰어내릴 때 충격을 덜 받도록 조치하기도 했다. 어제는 옷장 기둥에 삼줄을 칭칭 감아 나무를 타듯 기어오를 수 있는 기능을 추가해 주었다.

머릿속으로 수차례 시뮬레이션을 돌리고, 무인양품과 당근마켓 사이를 종횡무진으로 움직이다 보면 느낌이 오는 때가 있다. 집 안이 짜임새 있게 구성되어 있지만 시각적으로는 여유로워 보이는 바로 그 느낌. 단 30센티미터도 허투루 쓴 구석이 없는 완벽한 조화의 상태. 이대로라면 아무것도 바꾸지 않고 영원히 살 수 있겠다고 느껴지는 그때, 비로소 잠깐 편안해진다. 하지만 이 풍경은 오래 유지하기가 힘들다. 분명 완벽한 평형을 이루었다고 생각했는데, 며칠이 지나면 집의 어느 한구석이 자꾸만 눈에 밟히기 시작한다. 점점 그 구석이 마음속에 크게 자라나 참을 수 없는 지경에 다다른다. 변덕은 반드시 다시 찾아온다. 그리고 또 다른 목표를 찾아 집을 뒤집는다.

그럴 때마다 나는 과정 속에 살고 있음을 떠올린다. 옷을 살 때와 비슷하다. 이 재킷만 손에 넣으면 완벽한 옷장을 만들 수 있으리라고 기대한다. 어떤 상황과 날씨에도 완벽하게 대응할 수 있을 것 같다. 하지만 그렇지 않다. 몸과 취향이 변하고 유행이 변한다. 요즘은 기후변화도 심각하기 때문에 내년 여름에는 스콜을 대비하기 위한 방수 재킷을 사야 할지도 모른다. 집도 마찬가지다. 완벽한 새 출발을 위해 고심해서 구상해

놓은 인테리어는, 이삿짐이 들어오고 삶이 담기는 순간부터 또 다른 줄다리기를 시작한다. 삶은 현재 진행형이고, 10분 뒤의 나는 10분 전의 내가 맞춰놓은 균형을 무너트리기도 한다. 그런 내가 사는 공간이 한 번에 만들어질 리가 없다.

나를 위해 변화하는 집을 그려본다. 변덕스러운 나를 기꺼이 포용하는 유연한 집. 대궐에 살 일은 없을 테니 조금 아담한 집으로 상상해 본다. 벽은 밀거나 돌릴 수 있게 만든다. 가구를 바꾸거나 고양이를 한 마리 더 입양하고 싶을 때 유용할 테다. 덜 필요한 공간을 더 필요한 공간에 할애할 수 있다. 벽을 돌려 방의 구분을 없애는 선택지도 있을 것이다. 콘센트 위치로 가구 놓을 자리를 정하지 않아도 된다. 어느 곳에서든 전기를 쓸 수 있게 설비 장치를 마련해 놓았다. 베란다 창문은 접이식이라 원하는 만큼 열어 터놓을 수 있다. 베란다 공간이 더 필요할 때는 접이식 문을 거실 쪽으로 밀어 면적을 넓힐 수 있다. 방에 난 창문은 바깥으로 밀면 간이 발코니가 된다. 하늘이 뚫려 있어 우리 집 고양이가 작은 야외 전망대로 쓸 수 있을 것이다. 하늘도 보고, 날아가는 새도 보며 쉴 수 있다. 말랑말랑한 집에 살고 싶다. 사람들은 변덕스럽기 그지없는데 지금까지의 집은 너무 딱딱하기만 했다.

요즘의 나는 집의 균형을 유지하는 일에 넌덜머리가 난 상태다. 1년 전의 나와는 정반대다. 더 이상 물건이나 가구들을 '딱 맞는' 자리에 놓기 위해 애쓰지 않는다. 오브제나 식물을 이리저리 돌려놓는 일에도 집착하지 않는다. 새로 주문한 침대 프레임을 일주일째 현관에 놔뒀다. 어느 날, 가까스로 몸을 일으켜 침대를 조립하기 시작했다. 침실이 다시 평형 상태를 이루는 건 시간문제라고 생각했다. 조립을 거의 다 끝냈을 때쯤 구성품에 포함되어 있지 않은 나사의 존재를 알게 되었다. 별도로 구매해야 하는 부속품이었다. 이케아에 다시 가야 한다는 사실을 깨달았을 때 나는 생각했다. 와, 제기랄. 집은 정말 한 번에 만들어지는 법이 없구나.

'좋은 취향'이라는 게 있나요?

김정민

스무 살, 서울로 온 뒤 같은 공부를 하면서 친하게 지낸 한 친구가 있다. 이 친구는 세 자매 중 맏언니이고, 세 자매는 줄곧 한집에서 살아왔다. 자매는 지금 서촌으로 이사해 살고 있지만 그 전에는 상수동에서 살았고, 그땐 나도 같은 동네 주민이라서 한번씩 놀러 가곤 했다. 세 자매가 살던 두 집 다 구옥이었는데, 아무래도 같은 금액으로 넓은 집을 구하기에는 구옥이 제격이었을 테다. 하지만 이들이 집을 구하면서 고려한 조건은 단지 그것만은 아니었을 것이다.

사람들을 만나다 보면, 새 집이 어울리는 사람이 있고 오래된 집이 어울리는 사람이 있다고 느껴질 때가 있다. 그리고 대체로 그 인상이 들어맞는 편이다. 세 자매도 그러했다. 집에 들어가니 현관에서부터 구옥의 정취가 느껴졌다. 집 전체에서 풍기는 빈티지한 분위기와 함께 현관 입구에 드리워진 거대한 천이 방문자를 맞아준다. 일본풍인 듯하면서도 태국풍인 듯한 천 때문에 이 집은 입구부터 존재감이 강렬하다는 느낌이 들었다. 현관을 지나니 입식과 좌식이 섞인 적당한 크기의 거실이 보였다. 자매 둘은 좌식 소파에 기댄 채로 텔레비전을 보고, 한 명은 의자에 앉아 있는 모습이 눈앞에 그려지는 듯했다.

세 개의 방은 각각 다른 나라 같다고 해야 할까. 하나의 방 속에서도 여러 나라가 뒤섞여 있는 것처럼 여행지에서 가져온 이런저런 물건들이 여기저기 널려 있었다. 말 그대로 정말 '널려' 있었다. 발리풍의 천이 드리워져 있는가 하면, 유럽에서 가져온 것 같은 도자기, 베트남에서 사온 듯한 신발도 놓여 있었다. 시선을 돌릴 때마다 다른 나라의 물건이 눈에 들어와 여러 국가를 한번에 여행하는 듯한 느낌마저 들었다. 거기에 구옥 특유의 오랜 정취가 공간의 깊이감을 한층 더했다.

어떤 명확한 콘셉트를 지닌 집이 있는가 하면, 콘셉트 없이 무난하게 편안한 집이 있고, 또 세 자매의 집처럼 여러 가지 향을 풍기는 집이 있다. 내가 사는 집은 어느 쪽일까?

내가 살고 있는 집도 좋게 말하면 다채로운 집이겠지만, 다르게 말하면 중구난방인 형국이다. 현관 도어록 위로는 예전 런던에서 찍은 사진이 붙어 있다. 현관을 지나 집 안에 들어가면 선물받은 호랑이 무늬의 핑크색 러그가 깔려 있고, 조금 더 지나면 원숭이 얼굴의 발 매트가 화장실 앞에 작게 놓여 있다. 오른편 라디에이터엔 데이비드 호크니 전시에서 산 큰 샤워 타월이 걸려 있고, 거실 가운데에는 북유럽산 초록색 펜던트 조명이 내려와 있다. 그 주위로는 또 다른 북유럽산 이케아 조명들이 벽을 비추고 있다. 조명이 비춰진 한쪽 벽면은 내가 자랑하는 책장이 온전히 차지하고 있고, 책장엔 온갖 책들이 쏟아질 듯 꽂혀 있다.

내가 사는 집의 콘셉트가 무엇인지 스스로도 모르겠다. 살면서 그때그때 마음에 드는 물건들로 채우다 보니 조금은 정신없지만, 조금은 다채로운 집이 되었다고 생각한다.

"정민아, 너희 집엔 벽에 걸려 있는 게 아무것도 없네?"

예전에 집에 놀러온 한 친구가 이런 말을 했다. 그저 썰렁한 벽에 대한 물음이었을 뿐이지만, 왠지 들켜버린 기분이 들었다. 내게 어떤 특별한 취향이 있지 않다는 것을.

사실 벽에 아무것도 걸지 못하고 있던 것은 스스로의 취향을 잘 알지 못해서였다. 이런저런 전시에 가거나 건축물을 방문하면서 사온 종이 포스터들이 여기저기에 돌돌 말려 있었으나 그중에 무엇을 골라야 할지 몰랐다. 물론 몇 번 걸어본 적 있기도 하지만 대충 종이 테이프로 붙여둔 포스터는 금방 떨어졌고, 포스터는 벽에서뿐만 아니라 내 마음속에서도 조금 떨어졌다.

아무것도 걸어두지 않은 것도 나름의 취향일 수 있지만, 당시의 나는 친구의 물음에 당당하지 못했다. 명색이 디자이너이고 건축가인데 '아무런 취향 없음'이 들통난 기분이었다. 가끔은 모던한 물건을 좋아하기도 하고, 가끔은 정말 쓸데없이 이상하거나 필요 이상으로 과장된 키치 스타일을 좋아하기도 한다. 그때그때 유행하는 것 옆에 살짝 덜 유행하는 것을 얹어서 특별한 취향을 지닌 척하곤 했다.

취향이라는 건 가치 판단의 대상이 아니라고들 하지만, 사실 사람들은 남의 취향을 판단하곤 한다. "저분은 취향이 참 고급이에요", "저 사람은 돈은 많은데 취향이 참 촌스러워" 같은 말들이 자주 들리지 않는가. 취향은 자본이 되어서 일종의 스펙으로 작동하고 있다.

텔레비전에 보이는 몇몇 연예인들의 집은 취향이 좋다고 일컬어진다. 사실 좋은 취향이라 여겨지는 것들 대부분은 자본으로 만들어진 뷰view일 뿐이다. 취향이 좋다고 감탄하는 대상의 정체는 사실 취향이 아니라 자본인 셈이다. 이런 상황에서 내가 어떻게 좋은 취향을 가진 사람처럼 보일 수 있을까? 나에겐 돈이 없고, 따라서 주어진 뷰도 고만고만하다. 내가 거쳐온 집들은 대개 '옆집 창문 뷰', '빨간 벽돌 뷰', '화강석 벽 뷰'였다.

대중매체에서 '좋은 취향'에 대해서 말하고 또 판단하다 보니 사람들은 이제 취향을 배우기까지 하는 것 같다. 디자이너들이 추천하는 명품 가구를 집에 들이거나, 유명하다는 인테리어 소품을 사들이고, 요즘 유행하는 인테리어를 무작정 따라 하는 식이다. 내 몸에 맞지 않는 옷을 유행 따라 사 입어 보면 여간 불편한 게 아니다. 인테리어 역시 내 취향을 고려하지 않고 단순히 유행하기 때문에, 남들이 추천한다는 이유로 했다가는 이것 또한 여간 불편한 일이 아닐 테다.

집을 처음 얻으면서 고집했던 것 하나는 초록색 벨벳 커튼이었다. 이 커튼은 언젠가 여행지에서 본 것이었는데, 비슷한 커튼을 꼭 집에 달고 싶었다. 동대문 시장의 커튼집을 돌아다니며 수소문했지만 벨벳 커튼이라고 하니 다들 난색을 표했다. "먼지도 많이 끼고 청소하기 힘들어요", "여름엔 더워 보여요"라는 똑같은 말을 몇 명에게 들었는지 모른다. 그런 말들을 고집으로 이겨내고 나니 어딘가 특별한 거실이 만들어졌다. 실제로 먼지도 많이 끼고 청소하기 힘들고 여름엔 더워 보이지만 말이다.

자신의 취향을 찾고 그걸 집 안에 들이는 건 고집스러움의 결과이기도 하다. 아직도 잘은 모르겠지만, 앞으로 나는 그때그때 내 마음에 드는 물건들로 내 집을 채울 것이다. 너무 완벽한 콘셉트에 자신을 맞추지 않아도 된다. 그냥 끌리는 물건들을 자유롭게 널어두는 것이 집의 색깔을 더 강하게 만들어주지 않을까? 유행이건 아니건 의식하지 않고 끌리는 대로 물건을 들이다 보면, 불편한 모습들은 점점 사라지고 편한 것들만 집에 남게 된다. 그렇게 자기가 솔직하게 만들어가는 집이 더 나은 인테리어라는 생각이 든다.

생활감이 드러나 있는 집은 그 사람을 조금 더 알게 해주고, 이는 꽤나 멋진 일이다. 시간이 흐르면 익숙해지는 것처럼, 서로 맞지 않을 듯한 물건들도 시간의 축적이라는 마법에 걸리면 어느새 그들끼리 친하게 어우러진다. 아늑한 카페 같지 않아도 된다. 세련된 미술관 같을 필요도 없다. 누군가 또는 어딘가를 따라 하지 않아도 된다. 자신의 솔직한 취향에 귀 기울이다 보면, 어느새 근사하게 나를 담은 집을 발견하게 될 것이다.

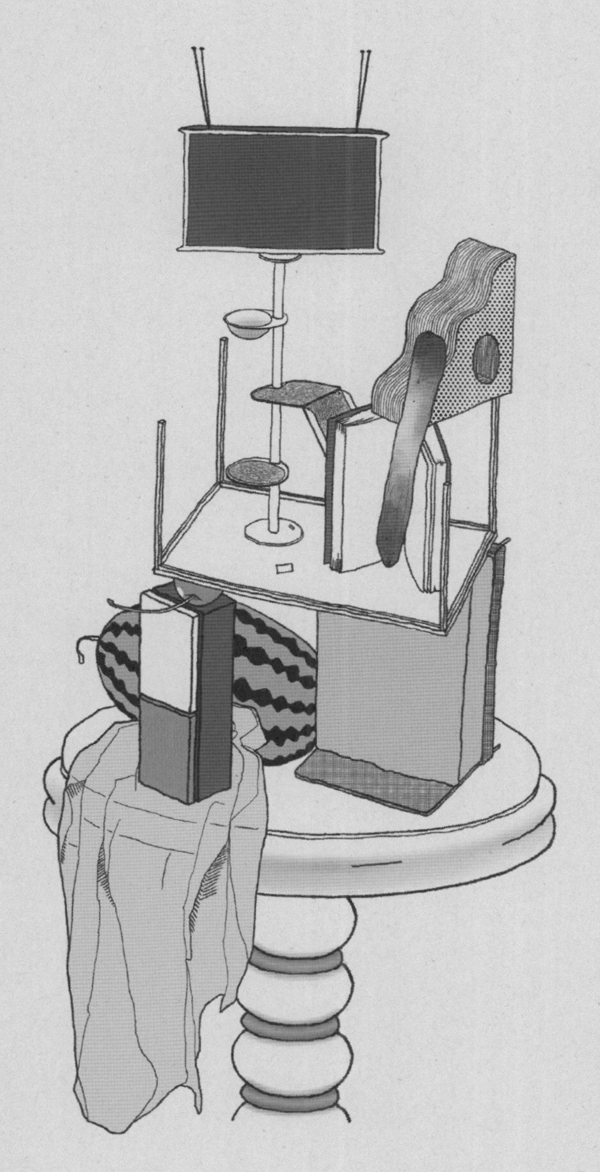

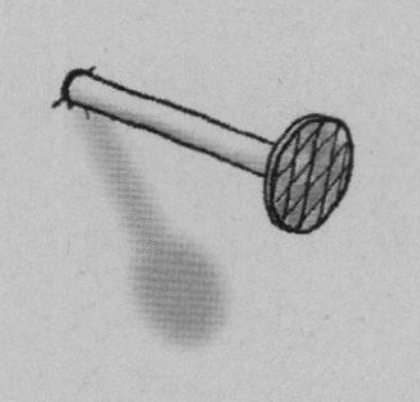

가성빌라

이윤석

MBTI의 16가지 성격 유형 중 ENTJ를 동경한다. 그들은 소위 '대담한 통솔자' 유형인데, 나는 다소 음침한 '건축가' 유형의 INTJ이기 때문이다. ENTJ의 밝고 직선적인 외향성이 부럽다. 내가 만나본 세 명의 ENTJ는 모두 여성이고, 멋있고, 배울 점이 많았다. 다람 씨가 그중 하나다. 그는 동거인 물범 씨와 반려묘 버찌와 대추로 이루어진 2인 2묘 가정의 가장이다.

'가장'이라는 단어는 나에게 사회적 맥락을 제거하고 대할 수 없는 단어이므로, 가부장제를 끔찍이도 싫어하는 나로서는 이 단어를 접할 때면 자동으로 몸이 움츠러든다. 하지만 다람 씨 같은 가장이라면 대환영이다. 유교 사상을 기반으로 하는 한국에서 이토록 가장다운 가장을 본 적이 있었나? 그는 대담한 결단력으로 가족을 구성해 망원동에 터를 잡았고, 단단한 책임감으로 가구원들의 안정적인 생활을 보조해 왔으며, 현실적인 생활 감각을 기반으로 미래를 계획하는 이 시대의 참 가장이다. 최근 이 가족은 다람 씨를 중심으로 큰 이벤트를 마주하게 되었는데, 그것은 바로 '정착'이었다.

늦은 무더위가 한창이던 여름, 망원동에서 그들을 만났다. 그들의 집은 골목 코너에서 주말 오전의 햇빛을 받으며 빛나던 다세대주택이었다. 3년 전, 공인중개사와 여러 집을 보러 다니다가 찾은 집이라고 했다. 오늘처럼 밝게 빛나고 있던 집을 보았을 때 '바로 저 집을 보러 가는 거였으면…'이라고 생각했고, 실제로 그 건물 2층 매물을 보게 되었다.

그 집에 산 3년 동안 망원동은 젠트리피케이션으로 집값이 많이 올랐다. 동네 사람들 사이에서 불길한 소문이 돌았다. '그 집은 전세가가 1억이나 올라서 이사 가야 한대' 혹은 '반지하인데 전세 3억이래!'같이 역병처럼 흉흉한 이야기들이었다. 이것은 다람 씨의 친구들과 지인들이 직접 겪는 사건이었고, 그 일이 자신과 그렇게 멀리 있지 않음에 불안해하고 있었다.

"아가씨, 집 팔려고 내놨어."

조금 덜 당당해도 되지 않나. 임대인의 전화는 마치 수신

동의를 눌러 합법적으로 걸려온 마케팅 전화처럼 당당했다. 집을 팔아야 하니 이사를 가야 할 수도 있다는 내용이었다. 하지만 다람 씨는 대담한 통솔자형 인간만이 할 수 있는 대답으로 임대인에게 응수했다.

"아주머님, 잠깐. 이 집 제가 살게요."

나도 최근에 사고 싶은 것이 생겼다. 현대자동차에서 출시한 캐스퍼라는 경차다. 디자인도 예쁜 데다 성능도 야무져서 홀딱 반했다. 사실 나는 개인이 소유하는 운송수단에 대해 회의적이었기에 차를 사는 일에는 관심이 없었다. 미래의 도시는 공유 자동차 시스템을 기반으로 재편될 것이라 생각했기 때문이다. 그런데 이 차를 보고 나서는 다 잊어버렸다. 시승도 해보고, 카탈로그를 뒤적이거나 웹사이트의 차량 계약 페이지를 들락날락하며 결제 버튼을 누르기 직전까지 가기를 수십 번 반복했다.

하지만 그 차에는 결정적인 단점이 있었다. 바로 가격이었다. 경차라고 하기에는 조금 비쌌다. 가성비가 좋지 않단다. 인터넷 댓글들은 모두 몇백만 원을 더해 다른 차를 사라고 했다. 마치 약속이라도 한 것처럼 '그 돈이면'이라는 말로 시작하는 글들이 태반이었다. 그 댓글들을 본 후로는 '나만 만족스러우면 그만'이라는 생각을 하기가 힘들었다. 가성비가 떨어지는 차를 사는 일이 멍청한 선택이라고 느껴졌다.

다세대주택도 이와 비슷한 취급을 받곤 한다. 실내 환경이 좋은 것도 아니고 살기에 썩 편리하지도 않다. 무엇보다 아파트처럼 나중에 집값이 올라 돈이 되는 것도 아니다. 그럼에도 다세대주택을 선택하는 이유 중 하나는 조금만 애쓰면 나만의 집이 될 수 있을 것 같아서다. 몇천만 원만 더 보태 인테리어를 손본다면 꽤 멋지게 살 수 있을 것 같다. 내가 가진 선택지 중 가장 매력적이고 이뤄볼 만한 같은 목표라는 생각이 든다.

그런데 이 '가성비'라는 개념은 어느새 우리의 일상 깊이 파고들어 훼방을 놓는다. 무언가 사려고 할 때면 자연스럽게 가성비라는 개념을 떠올리며 이 상품의 가격이 성능에 걸맞게 책정되었는지 따져본다. 그러면 내가 좀 더 똑똑한 소비자가 된 것만 같아 만족스럽다. 하지만 이 만족스러움은 얼마 가지 않아 불안함으로 변하곤 했다. 내가 내린 선택에 자꾸만 의심이 들었다. 그 의심을 잠재우려 블로그 후기를 찾아보고, 유튜브 제품 리뷰를 모두 섭렵하면서 내 소비가 틀리지 않았다는 확신을 찾기 위해 애썼다.

하지만 가성비라는 개념은 지극히 개인적인 것이었다. 만족의 기준이 나로부터 나오기 때문이다. 캐스퍼의 디자인이 주는 만족감, 그리고 집이 주는 마음의 편안함 모두 주관적인 느낌이다. 성능을 판단하는 기준은 결코 절대적이지 않다. 그런데 요즘의 가성비라는 개념은 마치 모두가 동의하는 기준이 있는 것처럼 사용된다. 가성비를 따지다 보니 결국 그 기준이 남에게 있다. 내 소비에 대한 효능감을 남의 인정에서 찾게 된다. 소형차의 가성비가 좋지 않다고 말하는 이유들도 곱씹어 보니 모두 남의 시선에서 비롯된 것이었다. 왠지 소형차를 탄 나에게만 불친절한 것 같은 발레파킹 직원, 30대 후반인데 경차를 타느냐 하는 주변의 수군거림 같은 걸 두려워하고 있었다.

다람 씨는 나에게 말했다. "집을 사본 적이 없어서 이게 얼마나 큰 결정인지 감이 잘 오지 않아요. 기회가 온 것 같긴 한데 나중에 후회하지 않을지 계속 고민하고 있어요. 다들 그런 얘기 하잖아요. 빌라 사지 마라, 투자 가치도 없고 장점도 없다, 막 이런 이야기들을 하는데, 내가 덜컥 이 빌라를 사도 될까 하는 불안감이 들었어요. 그런데 결정할 수 있었던 이유는 여기 계속 살고 싶다는 감각이었어요. 그 감각을 한번 믿어봐도 되지 않을까 했죠."

부동산 투자와 청약 순위가 주 관심사인 요새 사람들의 일상에서 '감각을 믿어보겠다'는 말은 묵직했다. 가성비의 기준을 나로 삼고, 자기 자신의 기준을 만드는 통쾌한 선언이었다. 새로운 선례를 만들고 다른 이를 위한 길을 내는 선택이었다. 나는 속으로 되뇌었다. 나는 캐스퍼여야만 했음을 기억하자고 다짐했다.

다람 씨를 다시 만난 건 이듬해 봄이었다. 집을 사면 꼭 다시 한번 초대해 달라고 부탁했기 때문이다. 다시 놀러 온 집은 변한 것이 하나도 없었다. 고양이들도 여전히 나를 경계했다(사실, 얼굴을 제대로 보여준 적조차 없다). 그는 연초쯤 이 빌라를 샀다. 쉽게 산 건 아니었다. 예상하지 못한 문제들도 여럿 있었다. 집을 사면 바로 시작할 수 있을 줄 알았던 인테리어 공사는 무기한 연기했다. 내 집이 되면 좋기만 할 줄 알았는데 관리할 게 많아져서 오히려 불편하다고 한다. 벽에 못 보던 녹슨 자국들이 생겼다고 한다. 내 집이 아닐 땐 잘 보이지 않았었는데, 이제 괜히 흠만 더 잘 보이는 것 같다고 했다. 그런데 이런 하소연을 풀어놓는 다람 씨의 표정은 어딘가 좀 더 확신에 차 있는 것 같았다.

내 집이 싫다

이윤석

나는 학부와 대학원 생활을 미국에서 보냈다. 졸업 후 미국 생활을 정리하고 귀국해 다니게 된 회사는 2호선과 9호선이 만나는 종합운동장역에 있었다. 성인이 되기 전까지는 걸어서 학교에 다녔고, 대학 시절에는 기숙사에서만 살아서 그런지 모든 생활 반경이 도보 20분 안쪽이었다(지금 생각해 보면 아주 운이 좋은 일이었다). 그래서 한국으로 돌아와 살 첫 집도 별생각 없이 회사 근처로 얻었다. 오전 8시 30분에 출근해 오후 5시 30분에 퇴근하는 회사였는데, 퇴근하고 자전거로 집에 도착하면 5시 40분일 만큼 가까웠다. 그래서 그 회사에 다녔던 3년 동안은 저녁이 있는 삶을 넘어 이틀 같은 하루를 살았다. 퇴근하고 나면 하루가 멀다 하고 홍대로 놀러 다녔다. 매일 한 시간 넘게 운동도 했고 저녁밥도 직접 만들어 먹었다. 행복했던 시절이었다.

그렇게 3년쯤 그 동네에 살았다. 회사 생활은 여유로운 편이었고 나만의 시간도 충분했는데 이상하게 점점 불안해지기 시작했다. 직장인 3년 차가 되면 누구나 하게 되는 여러 가지 고민들이 있기도 했지만, 특히 집과 동네에 대한 막연한 불안감이 커졌다. 내가 사는 모습을 의식하게 되었다고 해야 할까? 3년 전 나에게 우리 집은 옆집에 감나무가 있어 예쁜 건물이었는데 이제는 여느 빌라촌 속 별다른 것 없는 빌라처럼 느껴졌다. 내가 사는 집과 동네가 싫어졌다. 다양한 건물들이 옹기종기 모여 있어 정감 가는 동네라고 생각했는데 지금은 재개발이 예정된 낙후된 동네에 지나지 않았다.

뉴스에서는 매일 20, 30대가 재테크로 집을 사는 얘기만 나오고, 예능 프로그램에서는 연예인들의 한강 뷰 아파트를 보여주며 성공했다는 표현을 썼다. 내 선택이 값어치 있다고 생각하기 어려웠다. 내가 사는 모습이 살짝 부끄럽다고 생각하던 시기도 있었다. 회사 근처에 얻은 월세 50만 원짜리 집은 나의 최선이었다. 부모님이 2천만 원을 마련해 줘서 보증금으로 쓰고, 내가 처음으로 벌기 시작한 돈으로 월세를 내야 했다. 통근 시간을 최대한 줄여 나만의 저녁 시간을 갖고 싶어서 회사 근처에 집을 구했다. 내가 절약한 시간으로 만든 일상들은 50만 원과 교환할 만한 가치가 있다고 생각했다. 그런데 내가 사는 방식을 두고 어떤 이는 길바닥에 돈을 뿌린다고 하고, 어떤 이는 월세로 사는 게 집주인에게만 좋은 짓이라 말했다.

회사의 어떤 중년 남성과 나눴던 대화가 기억난다. 으레 나누는 스몰토크였다. 그는 나에게 결혼은 했는지, 어디에 살고 있는지 물었다. 회사 근처에서 살고 있다고 대답하니 그는 "윤석 씨는 숙소에서 자취하니 밥도 잘 못 챙겨 먹겠네"라고 말했다. 우리 집을 왜 숙소라고 말하지? 분명 내가 사는 곳은 집이 아니라고 생각했을 것 같았다. 오래 있을 만한 곳도 아니라고 생각했겠지. 집도 아니고 오래 있을 만한 곳도 아닌 숙소에서 밥까지 지어 먹는 것이 힘들다고 생각했구나. 애초에 결혼도 안 했으니 밥 차려줄(!) 사람이 없다고 생각했을 수도 있다. 나는 요리도 잘하고 지금 행복한데, 갑자기 모든 방면에서 미성숙한 존재가 되어버렸다.

유식 씨는 처음 만나기도 전부터 자신이 지금 살고 있는 집의 단점에 관해 이야기했다. 그의 집에 놀러 가기도 전이라 약간 민망할 정도로 말이다. 반려견을 편하게 목욕시키기에는 너무 비좁은 화장실, 바깥의 추위나 더위 그 어느 것도 막아 주지 못하는 목재 창호, 걸어서 15분 넘게 걸리는 지하철역, 그리고 역에서 집까지 이어지는 급경사 골목길을 흉봤다. 그의 꿈은 신축 빌라에 입주하는 것이라고 했다.

"구옥에만 오래 살아서 그런지 신축에 대한 로망이 너무 커. 아파트는 바라지도 않아. 그냥 깨끗한 창문, 깨끗한 벽지, 군더더기 없는 요즘 스타일의 화장실. 이런 것만 갖춰도 정말 좋겠어."

집에 초대된 나로서는 어떤 반응을 보여야 할지 난처했다. "정말이네요, 올라오는데 다리 아파 죽는 줄 알았어요"라며 그의 푸념에 동조하는 게 좋을지, 아니면 "어휴, 아늑하기만 한걸요" 같은 어설픈 위로를 건네는 게 나을지 고민했다.

재원 씨와 유식 씨가 사는 집은 꽤 가파른 언덕 중턱에 있는 다세대주택이었다. 언덕을 올라 마당으로 연결되는 대문을 지나, 가파른 계단 12개 정도를 올라야 비로소 건물 입구에 다다른다. 그리고 다시 반 층을 올라가면 집의 현관이 나온다. 주인과 함께 산책 겸 우리를 마중 나온 그들의 반려견은 이미 우리보다 먼저 현관문 앞에 도착해 있었다. 왜 이렇게 굼뜨냐는 듯 고개를 뒤로 돌려 우리를 쳐다봤다.

미리 충분히 흉을 들은 탓인지 몰라도, 문을 열고 들어선 그들의 집은 예상외로 멀쩡했다. 서울의 오래된 동네에서 흔히 볼 수 있는 구옥의 내부라고는 생각하기 힘들 정도로 잘 정돈되어 있었다. 이곳으로 이사 오기 전 벽, 천장, 바닥 할 것 없이 전부 스스로 수리했다고 한다. 수리하지 않으면 살 수 없을 만큼 엉망진창이었기 때문에 어쩔 수 없었다고 했다. 곰팡이로 가득했던 벽과 천장에는 벽지 페인트를 발라 흰색으로 톤을 정리하고, 구옥에서 흔히 볼 수 있는 나무 창은 색을 한 켜 더 올려 어두운 초콜릿색으로 만들었다. 현관을 열면 만나는 주방 겸 거실은 각이 많아 근사한 다각형이었다. 거실 겸 주방 한편에는 미닫이문으로 분리된 작은 방이 있는데, 그 방에는 간단한 테이블만 놓아 놀고, 먹고, 쓰는 데 사용한다. 작은 펜던트 조명으로 밝혀져 있었다. 어렸을 적 의자 위에 이불을 덮어 만든 텐트처럼, 그 안에 들어가 있으니 특별한 느낌이 났다. 날마다 거기서 혼자, 둘이서 혹은 여럿이 술 마시는 게 좋다고 했다.

집에 관한 이야기를 나누려 여러 집을 방문해 왔다. 대부분은 지금 살고 있는 집의 장점을 위주로 이야기했다. 이전에 살던 집과 다르게 어떤 방식으로 발전했는지 말해주곤 했다. 이를테면 예전에는 창문을 열면 다른 집의 벽이 보였었는데 지금은 나무가 보여서 좋다, 집이 신축에 풀 옵션이라 가전제품이 모두 새것이어서 좋다, 원룸에서 투룸으로 오니 일하는 공간과 쉬는 공간을 나눌 수 있어서 좋다, 같은 이야기들이었다. 그런데 재원 씨와 유식 씨는 이렇게까지 공들여 가꾼 자신들의 집이 싫다고 하다니. 왠지 '내 집이 싫다'는 표현이 시원하게 느껴졌다. 내가 차마 입 밖으로 내뱉을 수 없었던 이야기를 누군가가 대신 해준 기분이었다. 마침내 집을 싫어하는 사람을 만나고 나니 다른 사람들과 나눈 이야기들이 떠올랐다. 왜 지금까지 내가 만난 모든 사람은 자신의 집을 긍정했을까? 혹시 만족해 보려고 애쓰고 있었던 것은 아닐까?

지금까지 우리는 집을 긍정할 수밖에 없었다. 집이 곧 나 자신인 시대를 사는 탓에, 집을 부정한다면 곧 나의 존재도 부정당하는 것처럼 느껴진다. 소비가 나를 증명하는 자본주의 사회의 맥락에서, 무엇을 어떻게 소비하는지가 중요하다는 메시지를 전하고 싶다. 그래서 사람들과 함께 집에 대한 이야기를 나눈다. 하지만 우리가 만든 소중한 공간들, 우리가 집에서 보낸 멋진 시간에 대해 열심히 이야기하고 있노라면, 어쩐지 내가 이 집을 필사적으로 방어하고 있는 것처럼 느껴진다. 집의 변호사가 된 것만 같다. 무엇을 소비하는지가 중요하다고 생각했는데, 얼마큼의 소비를 할 수 있는지가 더 중요한 사회에 놓여 있음을 부정할 수 없었다.

어떤 잡지사에서 연락이 온 적이 있다. “나에게 집이란?”이라는 질문에 짧게 답변해 달라는 내용이었다. 그리 어려운 일이 아니라 하겠다고 했다. 원고를 보낸 뒤 몇 주가 지나고 잡지가 나왔다. 이메일로 받은 PDF 한 장에는 여러 유명 인사들의 상반신 이미지와 함께 그들이 생각하는 집에 대한 정의도 함께 둥둥 떠다니고 있었다. 모두가 집이 나라고 했다. 집은 나를 반영한다고, 나의 취향을 담는 그릇이라고 말하고 있었다. 하지만 집은 그릇치고 너무 비싸다. 그리고 나를 담기에는 너무 작다. 집은 내가 아니다. 집을 싫어해도 상관없다고 이제는 말할 수 있다.

그래서 하나 고백하자면, 우리 집 침실의 한쪽 벽은 벽지가 반반 나뉘어 있다. 이사 오기 전날 집주인 할머니가 부분 벽지를 덧대놓았다. 곰팡이를 가린다고 특별히 해주셨다고 한다. 덕분에 침실에서 고양이 사진을 찍을 때마다 반으로 갈린 벽지가 보인다. 그게 너무 싫어서 인스타그램에 사진을 올릴 때는 벽 부분을 반드시 자른다. 벽지는 반쪽으로 갈린 누더기 꼴이지만 침실은 여전히 편안하다.

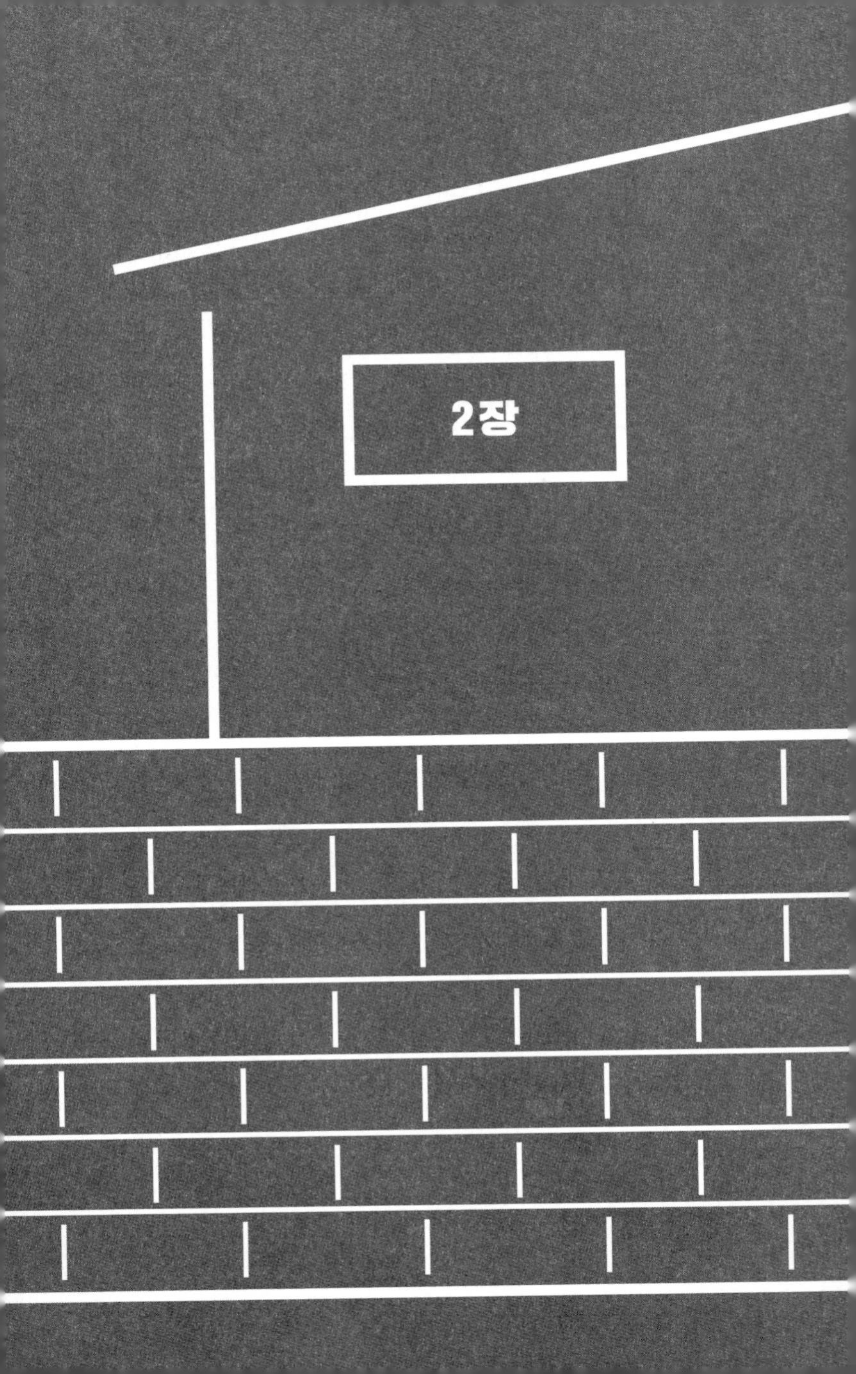
2장

나의
셋방 일지

뿌연 세로줄 창

이윤석

만화영화 「미녀와 야수」에 나오는 이 장면을 좋아한다. 이야기가 시작되는 마을과 주인공 캐릭터를 소개하는 장면이다. 주인공 벨은 작은 마을의 골목길을 걷고 있다. 야채 가게의 상인과 빨래하러 가는 주민들과 아침 인사를 나눈다. 익살스러운 표정을 한 고양이가 장 보러 나온 아주머니의 장바구니 속 생선을 노린다. 양쪽으로 늘어선 집들은 창문가에서 다채로운 꽃 화분을 기른다. 거리를 걷는 주인공은 2층에서 이불을 터는 이웃과 반갑게 인사를 나누고, 친구네 집의 열린 창문으로 상반신을 집어넣어 빌려 간 책은 잘 읽고 있다며 너스레를 떤다. 창문을 통해 안과 밖의 시선과 행위가 드나든다. 이런 장면은 디즈니나 지브리 같은 애니메이션 속에서는 무조건 등장하는, 그 속에서는 지극히 자연스러운 풍경이다.

이런 장면들은 내가 사는 도시에서는 상상하기 힘든 풍경이다. 창을 열어두는 것은 위험한 일이기 때문이다. 나를 보호해 주리라 믿기에 창문은 너무 얇고 투명하다. 시선은 약한 쪽으로 흐르기 마련이라, 지면과 가까운 나의 창에는 안쪽으로 들어오는 시선만 있다. 누가 언제 안쪽을 바라볼지 모른다. 심지어 거리의 창문들은 손에 닿는다. 너무 가까워서 집 안을 보지 않고 지나가는 것이 불가능하다. 앞만 보고 걷는데도 집 안으로 향하는 내 눈알을 통제하기가 어렵다. 그래서인지 1층의 창문들은 항상 굳게 닫혀 있고, 뿌연 시트지가 발려 있다. 벨이 내가 사는 동네로 이사와 우울증에 걸리는 상상을 한다. 벨은 상담 선생님에게 이렇게 호소한다. 매일 아침 열린 창문으로 인사를 건넬 이웃이 없다고.

유리가 막아줄 수 없는 위험을 방지하겠다고 그 위에 덧붙이는 것들이 있다. 방범창과 창문 가림막이다. 내가 3년 넘게 살았던 잠실의 원룸에는 큰 방범창이 있었다. 창은 두 개가나 있었는데 화장실 창은 작아서 사람이 들어올 수 없으니, 방에 난 큰 창에만 방범창이 달려 있었다. 처음 이사했을 당시에는 방범창의 존재에 대해 크게 생각해 보지 않았다. 한국에

귀국해 처음 갖는 내 공간이었기 때문에 기대감에 부풀어 있기도 했고, 할머니 댁에서 지내며 회사 생활을 시작한 터라 한시라도 빨리 집을 구해 나가고 싶었기 때문이다. 하지만 시간이 지날수록 방범창의 존재감은 날로 거대해져 갔다.

가장 참기 힘들었던 것은 햇살이 좋은 날이었다. 창문으로 들어오는 빛은 어느 구석에 떨어지든지 항상 쇠창살 모양으로 빛났다. 내 방이 감옥처럼 느껴졌다. 예전엔 잎사귀, 하트, 다이아몬드 모양을 한 예쁜 방범창도 많았다고 하던데 하필 우리 집에 있었던 것은 왜 그 모양이었을까. 해가 저물어 그림자가 흐릿해지고 나서야 그 창살에서 풀려날 수 있었다. 이중 창호 안쪽에는 뿌연 필름이 붙어 있었다. 그 창을 닫으면 쇠창살 모양을 조금이나마 흐트러트릴 수 있었다. 그럼에도 여전히 그 실루엣은 내 주변을 어수선하게 서성였다. 영락없이 제 방에 갇힌 꼴이었다.

지금 사는 집에는 창문 가림막이 있다. 가림막은 건축법상 창문으로 이웃 주택의 내부가 보일 때 설치해야 하는데, 그중 나중에 짓는 건축물에 달도록 되어 있다. 일반적으로 네모난 철제 틀에 반투명한 플라스틱판을 끼워 만든다. 우리 집에는 세 개의 창문 중 거실 베란다 창문에만 달려 있는데, 가로 3미터 세로 1.7미터로 꽤 큰 창이지만 가림막이 창의 60퍼센트 정도를 차지하고 있어 무척 답답하다. 가림막 너머 내가 보지 못하는 것들을 상상할 때마다 창문 가림막이 휴대폰의 사진 촬영음 같다고 생각했다. 국내에서는 불법 촬영을 막기 위해 휴대폰 사진 촬영음이 반드시 나도록 강제하고 있는데, 집 안쪽으로 들어오는 시선을 막기 위해 창문을 가려버리자는 규제 속 사고방식이 이와 비슷하기 때문이다. 남이 허락 없이 집 안을 들여다보는 상황을 방지하기 위해 집 안에서 바깥을 바라볼 수 있는 권리를 제한한다. 방범창도, 창문 가림막도 가까이서 들여다보면 옹색한 변명 같은 장치일 뿐이다. 떼어내려고 시도해 본 적도 있다. 인터넷에 관련 업체가 포스팅해 놓은 방범창 설치 과정이 친절하게 설명되어 있었다. 빈집털이범에게 참 유용한 정보라고 생각했다. 네 귀퉁이에 나사를 박기만 하면 끝나는 쉬운 작업인 만큼, 떼어내기 위해서도 네 개의 나사만 풀면 되는 일이었다. 하지만 이 무용한 고철 덩어리는 여전히 우리 집 베란다 앞에 달려 있다. 이 거대한 쓰레기를 떼어내 보관할 만한 공간이 없기 때문이다.

집에서 나와 조금만 걸으면 아파트가 많다. 그곳에 달린 창은 항상 자신만만해 보인다. 누가 들여다보아도 개의치 않는다는 듯 내부가 깨끗이 들여다보인다. 특히 거실은 일부러 보여주고 싶어 하는 것 같기도 하다. 가구가 바깥에서 바라보기에 좋은 구도로 배치되어 있다. 안마의자가 생긴 맞은편 집 거실을 보고 이번 추석에는 나도 안마의자를 사야겠다고 결심하기도 했다. 아파트의 그 창들은 개인적인 메시지를 송출하는 데 쓰이기도 한다. 'Happy B-Day!'나 'MERRY X-MAS' 같은 메시지를 파티용 풍선에 불어 영공에 쏘아 올린다. 선거철이 되면 포스트잇으로 특정 후보의 기호나 색깔 등을 붙여 정치활동을 하기도 한다. 어떤 집에서 젠더 리빌 파티를 하는지, 브라이덜 샤워를 하는지, 돌잔치를 하는지 알려주는 수다스러운 전광판이 된다.

이 현대적인 아파트의 창문에는 방범창도 없고, 창문 가림막도 없다. 안전을 확신하는 자세로 서 있다. 개인의 물리적인 힘으로 통과할 만큼 만만한 녀석이 아니기 때문이다. 유리는 여러 겹으로 만들어져 투명하면서도 단단하고, 그 유리를 붙들고 있는 창틀은 가볍고 튼튼하지만 쉽게 망가트릴 수 없다. 창 주변으로는 조경이라고 불리는 무형의 안전장치가 있다. 울타리를 넘어선 사람을 즉각 주목하게 만든다. 그리고 눈에 띄는 행동은 투명한 유리 속 감시자들에게 포착된다.

아파트의 창호는 오랜 세월에 걸쳐 개발된 기술의 집약체다. 한국의 계절과 기온 변화 같은 기후적 특성과 더불어, 아파트라는 주거 유형에 적합한 방식으로 고안된 발명품이다.

창문 외에도 아파트를 구성하는 요소들은 계속해서 진화해 왔다. 평면도는 주거 트렌드에 민감하게 반응해 끊임없이 변화하고 있으며, 심지어 고도화되는 가전제품들을 품기 위한 부속 공간도 마련해 준다. 성냥갑이라고 비난받던 아파트의 외형도 다양해졌고, 부대시설이나 외부 녹지 공간도 더 세심하게 계획되는 추세다. 모두가 아파트에 관심이 많다. 전 국민의 50퍼센트 이상이 살고 있어 삶의 질을 높이기 위해 아파트의 품질을 높이는 노력이 중요하단다.

하지만 아파트에 살고 있지 않은 나머지 50퍼센트의 사람들은 어디에 살고 있을까. 이것에 관해 이야기하는 사람은 많지 않다. 아무도 빌라에는 관심이 없다. 어차피 아파트가 될 과도기적 공간이기 때문이다. 목적지가 아닌 경유지로 여겨진다. 버스 정류장을 봐도 알 수 있다. 아파트 이름만이 버스 정류장의 이름이 될 자격을 갖고 있다. '행복빌라'처럼 작은 이름을 가진 건물들은 빌라촌이라는 구역으로 뭉뚱그려져서 '검단신도시 2차 노블랜드 에듀포레힐'처럼 크고 긴 이름을 가진 아파트들의 배경이 된다. 멀고 높은 곳에서 내려다보는 해상도 낮은 풍경의 일부가 된다. 아파트는 수많은 연구와 공간적 진화 실험의 대상이 되어 개선을 거듭한 반면, 그 밖의 주택들의 현주소는 몇십 년 전과 다를 게 없다.

아파트의 깨끗한 창이 부럽다. 가릴 필요도 없이 안전한 자신감으로 반짝거리는 창. 얼마를 지불해야 저 자신감을 얻을 수 있을지 생각하다 보니 여느 때처럼 심통이 났다. 왜 나의 시선만 가로막혀 있을까? 내가 가진 자본의 차이로만 이해하기에는 이 헐거운 플라스틱으로 가려진 내 시야가 너무 안됐다.

나는 방범창과 창문 가림막 따위로 막힌 과거의 공간에 갇힌 것만 같다. 과정의 공간에 살고 있기 때문이다. 원할 때 열 수 있는 방범창을 개발해야겠다고 생각한 사람은 없었을까? 아니면 가림막에 루버(얇은 판재를 촘촘하게 덧대어 만든 가리개)를 끼워 넣어 특정 각도에서는 바깥을 볼 수 있게 만들거나, 각각의 루버를 돌릴 수 있도록 만들 생각은 못 했던 걸까? 그 노력이 과정의 너무 과분하다고 생각했던 거라면, 최소한 예쁘게라도 만들 수는 없었을까.

비가시성과 불평등은 서로 아주 가깝다. 가려진 시야는 개인의 삶의 질을 떨어뜨리고 동시에 무력하게 만든다. 아파트의 투명한 창과 빌라의 불투명한 창은 그 불평등의 증거다. 시선은 투명하고 높은 곳에서 시작되어 불투명하고 낮은 곳으로 향한다. 시선이 교차할 수 없다. 시선이 차단된 낮은 곳들은 바깥의 세계와 단절되었고, 낮은 곳의 영공은 높은 곳의 큰 창을 가진 이들의 것으로 암묵적으로 사유화된 지 오래다. 내가 사는 도시의 외부 공간은 어느 순간 전망을 가진 사람들의 것이 되었다. 너무 낮아서 원할 때마다 열지 못하는 창문들도 있다. 열리지 않은 창문도 있다. 이것이 벨이 사는 세계와 내가 사는 세계의 차이점일 것이다. 이 세계의 창은 한 방향으로만 작동한다.

혼자의 것이 아닌 모두의 것

김정민

집을 찾을 때 사람들이 고려하는 요소는 제각각 다를 것이다. 기본적으로 크고 저렴하면 좋겠지만 그래도 자기 삶의 패턴에 맞는 집은 저마다 다르다. 직장과 가까운 집을 좋아하는 사람이 있고, 안전이 보장되는 것을 중요하게 생각하는 사람이 있다. 낡았어도 넓은 집, 반대로 좁아도 새 집을 원하는 사람도 있다. 그런데 정작 집을 결정하는 순간엔 이상한 것에 꽂히기도 한다. 집에 낡은 나무로 된 계단이 있다든가, 한국에서 보기 힘든 라디에이터가 있다든가, 혹은 대문이 인상적이라든가.

학교에서 만나 친해진 예찬과 유진은 성북구의 한집에서

같이 살기로 했다. 둘이서 같이 사는 집이기에 투룸이어야 했고, 안전해야 했고, 깨끗해야 했다. 그 외에도 여러 가지 이유가 있었지만 결정적으로 그들의 마음을 뺏은 건 거실의 창을 열었을 때 보이는 공원이었다. 다세대 건축물들 사이에 있는 흔하디흔한 근린공원이다. 층수가 높지 않은 터라 여름이면 초록을 가득 품은 나무가 손 닿을 곳에 있어서 집 안까지 초록이 들어오는 기분이 든다고 했다. 가성비 좋은 초록이다. 내가 가꾸지 않아도, 신경 쓰지 않아도 내 집 가득 들어오는 초록.

이렇게 자연을 담은 뷰는 결코 모두에게 주어지지 않는다. 그렇기에 사람들은 집을 구할 때 뷰를 중요하게 여긴다. 그러나 막상 현실적인 조건이 앞에 놓인다면 뷰까지는 사치라고 생각된다. 뷰가 사치일까? 갖는 것도 아닌데 보는 것만으로도? 한강 다리를 건널 때마다 느끼는 건, 아파트가 정말 많다는 사실이다. 한강 남쪽으로도 북쪽으로도 온통 아파트 천지다. 한남동엔 고급 주택들이 늘어서 있다. 그럴 때면 몇몇 사람들만이 한강을 점유한다는 생각에 화가 나곤 한다. 그 뷰를 일부 사람들이 독점하는 게 과연 정당한가? 한강 주변에는 아파트가 아니라 공공 공간들이 가득했으면 좋겠다. 출입을 제한하지 않는 도서관에서 책을 보며 한강을 구경하고, 한강변에 있는 미술관이나 체육관에 놀러 가는 상상을 해본다. 파리에서는 여름이 되면 한 달 동안 센강 주변으로 바닷가 같은 분위기의 해변이 만들어지는데 이를 '파리 플라주Paris Plages'라고 부른다. 그렇다면 '서울 플라주'도 가능할까 생각해 본다.

서울에서 뷰를 빼앗긴 건 한강뿐만이 아니다. 남산, 인왕산, 도봉산, 청계산, 아차산…. 수많은 산과 그 산을 조망할 수 있는 뷰 또한 소수에게만 허락된다. 그나마 이런 뷰를 가리지 않기 위해 서울의 사대문 안에는 고도제한이 있지만 요즘은 이 또한 인센티브라는 형식으로 완화되는 추세다. 녹지율을 높이면 고도제한을 풀어준다나. 어찌 보면 지상의 녹지는 많아지기 때문에 좋은 것처럼 보이지만, 언젠가는 높은 빌딩들이 산을 둘러싸서 빌딩 밖에선 산을 못 보게 될지도 모르는 일이다. 이렇게 강과 산을 차지한 아파트들은 으레 이름 앞에 '포레', '마운틴', '리버' 같은 단어를 붙여 멋드러진 뷰를 자랑하곤 한다.

자연이 특정 계층의 사람들만 소유할 수 있는 명품이 되어가는 기분이다. 세계보건기구는 1인당 평균 최소 9제곱미터의 생활숲 조성을 권고하고 있다. 하지만 이 또한 불평등하게 주어진다. 연립주택이나 다세대주택 비율이 높은 지역은 1제곱미터도 갖기 어렵지만, 고급 아파트의 비율이 높은 지역은 기준을 훨씬 상회하는 35제곱미터까지도 주어진다. 이 빌어먹을 자본주의 사회에서는 물과 나무도 돈을 주고 사야 하는 모양이다. 집 안의 초록은 근린공원이 대신하고, 집 안의 파랑은 꿈조차 꿀 수 없다. 한강과 숲이 조금 더 공공에게, 더 많은 사람에게 열리고 다양한 크기의 공원이 생활공간 곳곳에 더 많이 생겨나면 자연스럽게 모두가 조금씩의 자연을 누릴 수 있지 않을까?

발코니가 있는 삶과 그렇지 않은 삶의 질은 얼마나 다른지, 마당이 있는 집은 또 얼마나 다른지 몸으로 느끼고 있는 요즘이다. 부모님이 사는 주택의 마당엔 작은 화단과 텃밭이 있다. 처음 4년간은 열매를 맺지 않던 과실수들도 5년째부터 열매를 맺기 시작해서 수확의 기쁨을 조금씩 맛보고 있다. 두 그루밖에 없는 포도나무지만 큰 광주리 한가득 과실을 수확할 수 있다. 욕심이 생겨 지난 식목일엔 체리나무와 납작복숭아나무의 묘목도 심었다. 올해는 힘들겠지만 내년이나 내후년엔 결실을 맺지 않을까 기대하고 있다.

서울의 내 집에서도 관상용 식물이 아닌 텃밭을 가꿔보고 싶어서 찾아보니, 서울시 각 지자체에서 보급하는 '상자 텃밭'이라는 게 있었다. 상자처럼 생긴 화분에 식물을 재배할 수 있고, 집 안팎에 옮겨 심을 수도 있는 이동식 텃밭이다. 좁은 집 안에 더 이상 새로운 물건을 들일 공간이 없어서 상자 텃밭은 포기했다. 집 안의 식물 공간도 좋지만, 난 아무래도 지붕이 뚫려 있어 비도 맞고 하는 바깥의 식물 공간을 더 좋아하는 모양이다. 집 안에 흙을 가져오기가 힘들어서, 여기저기 생겨난 공원들로 대체할 수밖에 없었다. 대체하는 삶은 언제나 조금 작아지는 기분이다.

나의 계획 못 세워지기

이윤석

대학생이 될 때까지는 매해 열심히 계획을 세웠다. 부모님과 함께 살 때는 이 계획 세우기가 큰 연말 이벤트였다. 심지어 한 해 있었던 일들과 내년에 목표하는 것들을 마인드맵으로 그려 액자로도 만들었다. 회사에 다니기 시작하고 30대가 되니 매해 무언가 기념할 만한 일이 줄어들고 있다는 생각을 했다. 예전에는 굵직한 이벤트가 삶에 자주 찾아왔었다. 입학과 졸업, 시험, 입사처럼 처음 겪는 것들이었다.

하지만 이제 나에게 다가올 새로운 기념일은 어떤 것이 남아 있을까? 지금 마인드맵을 그린다면 내 가지는 이파리가 다 떨어져 나간 앙상한 모습일 것 같아 두렵다. 더 무서운 건 지금까지의 계획과 성취는 누구나 인생에서 한 번쯤 겪는 과정이었다는 사실이다. 오늘 하루에만 집중하면 언젠가는 도달할 수 있는 일이었다고 해야 할까. 하지만 이제 무조건적인 성취는 남아 있지 않다. 아무도 계획을 세워주지 않고, 무엇을 해야 할지 알려주지 않으며, 강요하는 사람도 없다. 100세까지 살 수 있다고 가정했을 때 나에게는 약 70년이 남아 있다. 남은 70년은 지금보다 더 능동적으로 계획하고 실행해야 하는 시간이라고 생각하니 벌써 무릎이 아프다.

며칠 전 새해를 맞았다. 인스타그램에 업로드된, 수많은 사람들의 가는 해와 오는 해를 보았다. '정말 많은 일이 있었다'며 수고로웠던 한 해를 돌아보는 게시물들을 보니 나도 정리의 시간을 가져야 할 것 같았다. 하지만 왠지 이번 연말에는 회고나 계획의 시간을 갖고 싶지 않아 버티고 있었다. 아마 목표를 달성하지 못한 나를 발견했을 때의 불편함을 마주하고 싶지 않았던 것 같은데, 정작 연초에 어떤 목표를 세웠는지 기억하고 있는 건 아니었다. 어떤 계획을 세워야 할까에 대한 부담감도 있었다.

그렇게 한 달이 흘렀다. 이 상태로 2월을 맞이한다면 작년을 끝내지도, 올해를 시작하지도 못한 채로 한 해의 8퍼센트를 낭비했다고 느껴질 것 같았다. 생산성에 대한 고질적인 집착이다. 머리에 힘을 잔뜩 주고 가방에 아이패드를 챙긴 뒤 반려인과 집을 나섰다. 목적지는 집에서 한 시간이나 떨어진 카페로 정했다. 경험상 회고와 새해 목표 설정에는 두 시간 정도 걸린다는 것을 알고 있었기 때문에 쉽게 돌아올 수 없는 먼 곳으로 향했다.

반려인과 나는 2017년부터 만나기 시작해 7년쯤 사귀고 있다. 어떤 계기로 시작했는지는 잘 기억나지 않지만, 2020년부터는 웹상에 공유 문서를 만들어 둘이 함께 매해를 기록하고 있다. 액자를 만들던 부모님과의 이벤트와는 다르게, 우리만의 기념 방식이라 뜻깊다. 매년 해온 계획과 회고들을 보면 꽤 재미있다. 그간 우리 둘이 만든 목표들은 사소한 것에서부터 터무니없는 것까지 다양했다. 이를테면 올해에는 공유 생활비 카드를 만들어 사용하자든가, 콜레스테롤 수치를 낮추자는 목표가 있었다. 청소 담당을 정하고 규칙적으로 해보자는 목표는 고양이를 입양하게 되는 바람에 반강제적으로 성공해 버렸다. 작업실 의자, 청소기, 믹서기를 구매하자는 이야기도 있었고, 서로 마음에 안 드는 일이 있을 때 묵혀두지 말고 바로바로 이야기하자는 내용도 있었다.

카페에 도착해 작년 목표를 살펴보던 중, 후회되는 내용이 하나 눈에 띄었다.

'부동산 관련 자금 운용 계획 수립.'

우리는 카페 마감 시간까지 그 항목은 나중으로 미뤄둔 채 나머지 내용들만 열심히 살펴보았다. 그냥 없던 일로 치기도 뭐하고, 마음먹고 뜯어보자니 골치 아픈 이야기들을 하게 될 상황을 피하고 싶었다. '부동산 관련 자금 운용 계획'을 수립하는 것은 어디서부터 시작해야 할지 감도 잡히지 않는 계획이었다. 이번엔 못 했어도 새해에는 어떻게든 되겠지라며 다시 다음 해로 옮겨둔다면 이 목표는 평생토록 목표 리스트에서 지울 수 없을 것 같았다.

"우리 일단, 얼마를 갖고 있는지 다 모아보자."

커피를 한 잔 더 주문하며 제안했다. 무엇을 얼마큼 갖고 있는지 알아야 감을 잡을 수 있을 거라고 생각했다. 그리고 여러 곳에 흩어져 있는 돈을 모아보기 시작했다. 목표 금액은 요즘 보러 다녔던 집들 중 마음에 들었던 것들의 평균 매매가로 설정했다. 목표로 했던 주택 매매가의 70퍼센트를 대출받는다는 가정하에, 현금으로 내야 하는 30퍼센트의 금액을 계산했다. 그 금액에서 우리가 가진 현금자산을 뺀 후 12개월로 나누었다. 둘이 합해 216만 원. 내가 1년 안에 정릉동의 다세대주택 한 세대를 사기 위해 매달 저축해야 하는 금액은 108만 원이었다. 반려인은 매달 저축할 금액을 정하면서, 매월 한 번 정도 살고 싶은 동네와 집에 관해 이야기하는 시간을 갖자고 제안했다. 우리가 살고자 하는 방식을 함께 구체화하는 시간이 있어야 집이 필요한 상황에서 더 나은 선택을 하는 데 도움이 될 거라면서.

한 달에 108만 원? 두 잔째 연거푸 마시는 커피 때문인지 몰라도 모든 것이 희망적으로 느껴졌다. 내가 살고 싶은 집의 가격은 계속 상승할 것이라는 사실도 알고, 물가도 달라질 것이고, 우리 중 누군가 갑자기 아파서 목돈이 나갈 수도 있지만 근본적인 측면에서 '부동산 관련 자금 운용 계획'의 근거를 만들었다는 사실이 무척 뿌듯했다. 한 달에 108만 원 저축은 노력하면 달성할 수 있는 목표 같았다.

"선거를 해봐야 알걸요?"

우리의 신년 계획을 들은 최준영 씨가 말했다. 그는 최근 몇 년간 청파동에 살았다. 언덕 위에 있다는 단점만 빼면 전세 보증금 9천만 원에 상태까지 좋은 집이었다. 요즘 세상에 보증금이 1억 원이 안 되는 집은 너무 귀해서, 가능한 한 오래 살며 다음 집을 위한 돈을 모을 거라고 이야기하곤 했다. 그런데요 근래 그는 예기치 않게 이사를 준비하고 있다. 집주인이 바뀌면서 전세 계약을 갱신해 달라는 준영 씨의 요구를 거절했기 때문이다. 아마도 재개발 사업이 빠르게 진행되고 있는 동네 분위기와 관련이 있을 것 같다고 했다. 투기 목적으로 부동산을 사고파는 일이 많아지다 보니 부동산 가격 안정과 임차인 보호를 위해 정부에서 만든 이런저런 제도도 실질적으로 쓸모가 없다고 했다.

예를 들어 '임대차 3법'은 임차인의 살 권리를 보장하기 위해 만들어진 대표적인 제도이다. 3법 중 '계약갱신청구권제'는 임차인에게 부동산 계약을 연장할 권리를 준다. 임차인이 기존 거주지에 안심하고 오래 살 수 있어 좋은 법이라고 생각했다. 하지만 임대인 본인이나 본인 가족이 거주할 계획이 있을 경우 계약 연장을 거부할 수 있는 예외 조항이 있는데, 이 부분이 특히 불합리하다. 임대인이 위의 이유를 내세워 계약 연장을 거부하면 임차인은 그 진위를 확인할 방법 없이 집을 내줘야 하기 때문이다.

또, 3법 중 '전월세상한제'는 임대인이 임대료를 한 번에 5퍼센트 초과로 인상하지 못하도록 규제하는 제도인데, 새로운 임차인과 계약할 경우 적용되지 않는다는 조항이 있어 악용되기 쉽다. 위에서 언급한 두 가지 제도를 이용해 기존 세입자와의 계약 연장을 거부한 뒤 새로운 세입자를 찾아 임대료를 원하는 만큼 올릴 수 있기 때문이다. 주거 안정을 위해 만든 법이 오히려 임차인을 쫓아내고 집값을 올리고 있는 상황이 된 것이다. 처음에는 법이 왜 이리 엉성하게 만들어져 있는지 한심하다고 생각했다. 하지만 이 법의 느슨함 역시 의도된 것이 아니었을까. 준영 씨의 저금 계획은 지금도 무사할지 궁금하다.

언제부턴가 큰 계획은 세우지 않게 되었다. 예전에는 단순히 귀찮아서라고 생각했지만, 계획할 수 없기 때문이라는 것을 이제는 안다. 인생이 계획한 대로 흘러가지 않기 마련이라는 이야기와는 다르다. 계획한다는 자체가 사치스러운 행위가 되었다. 보금자리 대출 금리는 거짓말처럼 오를 것이고, 살고 싶었던 동네는 재개발 소문이 돌아 매매가가 억 단위로 오를 것이다. 목표했던 현금을 다 모으기도 전에 지금 살고 있는 집에서 나가게 될 것이다. 이 사실들을 차라리 몰랐다면 좋았을 뻔했다. 우리는 여전히 모르는 척하며 한 달에 108만 원씩 저금하고 있다.

집 밖으로 삐져나온 것들

김정민

프랑스에서 교환학생을 한 적이 있다. 파리에 있는 학교에 다녔는데 파리의 집값은 너무 비싸 '일드프랑스 Île-de-France'에 월 650유로의 집을 구했었다. 한국으로 치면 수도권쯤 되는 지역이다. 1층과 2층엔 다른 사람들이 살고 있는 3층의 방을 하나 빌린 것이었는데, 화장실과 주방, 작은 거실은 공유해서 쓰는 구조였다. 오각형으로 생긴 내 방엔 옷장과 침대, 작은 협탁이 있었고 양쪽으로 열리는 창이 있었다. 프랑스에 대한 로망이 가득했었기에 큰 집은 아니었지만 모든 게 다 세련되어 보였고 조금 낡은 물건들은 오히려 클래식한 매력이 있었다.

성공적으로 구한 집에 짐을 풀고, 발을 살짝 굴러 점프를 해서 침대 매트리스에 껑충 뛰어들었다. 그런데 이게 무슨 일인가. 내 몸이 반으로 접히는 게 아닌가? 정확히 말하자면 매트리스 정중앙이 싱크홀처럼 푹 꺼져 있었다. 프랑스에 대한 기대로 가득 찼던 내 방은 극심한 허리 통증으로 가득 차게 되었다. 침대에 걸터앉으려 하면 저절로 뒤로 누워지고, 자려고 누우면 허리가 브이 자로 접혀 천장이 아닌 발끝이 보이는 형국이었다. 한국이었으면 집주인에게 말을 해서 침대를 바꾸든 월세를 줄이든 어떤 조치를 취했을 텐데, 급하게 배운 프랑스어로는 어림도 없었다. 내가 할 수 있는 건 그나마 편한 자세를 찾아가면서 내 몸과 매트리스 사이의 관계를 연구하는 매트리스 연구원이 되는 것뿐이었다.

그 후 한국으로 돌아와 전셋집으로 옮기며 침대를 새로 사게 되었다. 경험을 토대로 이번엔 잘 사리라 마음먹고 이케아로 향했다. 하나하나 살포시 앉아보기도 하고 털썩 눕기도 하면서 딱딱한지 푹신한지 가늠하며 퀸 사이즈 매트리스를 골랐다. 매트리스 베이스도 맘에 드는 걸로 샀다. 그런데 문제는 집에 가서 생겼다. 처음으로 제대로 된 이사를 하는지라 많은 가전과 가구를 사면서, 이를 어떻게 배치할지 3D 모델링까지 해가며 드림하우스의 꿈을 꾸고 있었다. 침실 사이즈에 딱 맞게 옷장을 두고 침대를 조립하려고 하자, 아뿔싸. 조립하는 내가 들어갈 자리가 없었다. 조립을 해본 사람들은 알겠지만 가구는 보통 뒷면부터 조립을 하거나 윗면을 바닥에 놓고 조립하게 된다. 그리고 대각선은 언제나 가로세로보다 길다는 사실. 이 간단한 사실을 간과한 나는 마치 요가 수련자라도 된 양 팔다리를 길게 뻗어 침대를 이리저리 돌리고 뒤집고 하면서 겨우겨우 조립을 해낼 수 있었다.

또, 모든 물건은 유지·관리가 필요한 법. 매트리스가 퀸사이즈가 되자 침구를 세탁하는 일조차 쉽지 않았다. 이불 커버와 시트를 세탁하는 날엔 온 집 안이 이불로 만들어진 미로가 됐다. 슬프게도 내가 사는 집 주변엔 코인세탁소가 없어서 빨래하는 주기가 점점 길어지고야 말았다.

공간이 넉넉한 집에는 세탁실이 딸린 다용도실도 따로 있어서 이불 빨래도 건조도 척척 해낸다. 주거로 분류되는 모든 집들이 정말 주거의 기능을 온전히 하는가 생각하면 그렇지 않다. 얼추 주방도 있고, 얼추 침실도 있고, 얼추 거실도 있지만 모든 게 얼추뿐인 공간으로 만들어진 집은, 집의 역할을 온전히 하지 못한다. 이 얼추 만든 공간의 대표격이 고시원이다. 여러 고시원을 옮겨가며 살았던 한 게이 커플의 이야기를 들은 적이 있다.

"저희의 연애는 매트리스의 역사라고 할 수 있어요."

이들은 친구 집에 얹혀 살다가, 서울에서 부산으로 옮겼다가, 그리고 다시 서울로 올라오게 되었는데 그 과정이 꽤나 흥미롭다. 시작은 홍대 앞 고시텔에서였다. 이 고시텔은 나도 가본 적이 있는데, 가운데에 작은 빈 공간을 두고 왼쪽엔 책상이 오른쪽엔 싱글 매트리스가 있었다. 고시텔을 거쳐 이들이 도착한 곳은 연남동 원룸텔이었다. 여기서 드는 의문 하나. 고시텔도 아니고 원룸도 아니고, 원룸텔은 도대체 뭐지? 고시텔과 고시원은 무슨 차이지?

원룸을 제외한 고시원, 고시텔, 원룸텔은 다 같다고 볼 수 있다. 법규상 명칭은 '다중생활시설'이다. 건축법에서 정한 용도 규정에 의하면 바닥 면적이 500제곱미터 이하는 근린생활시설 중 다중생활시설이고, 그 이상은 숙박시설 중 다중생활시설이다. 이 다중생활시설은 각 실별로 나눠져야 하는데, 세부 기준상 각 실에 취사, 세탁, 욕조 시설이 들어갈 수 없지만, 샤워부스는 가능한 것이 가장 특징적이다. 더불어 공용시설로 취사, 세탁 시설 등을 두어야 한다. 그렇게 고시원이 탄생하는 것이다. 이런 고시텔, 원룸텔은 명칭을 다르게 해서 주거의 탈을 쓰고 '집'에 편입되려는 의지가 보인다. 하지만 앞서 말한 조건들에 의해서 결국 공용 공간-개인 공간이 반복되는 집 구조 속에서 살 수밖에 없다.

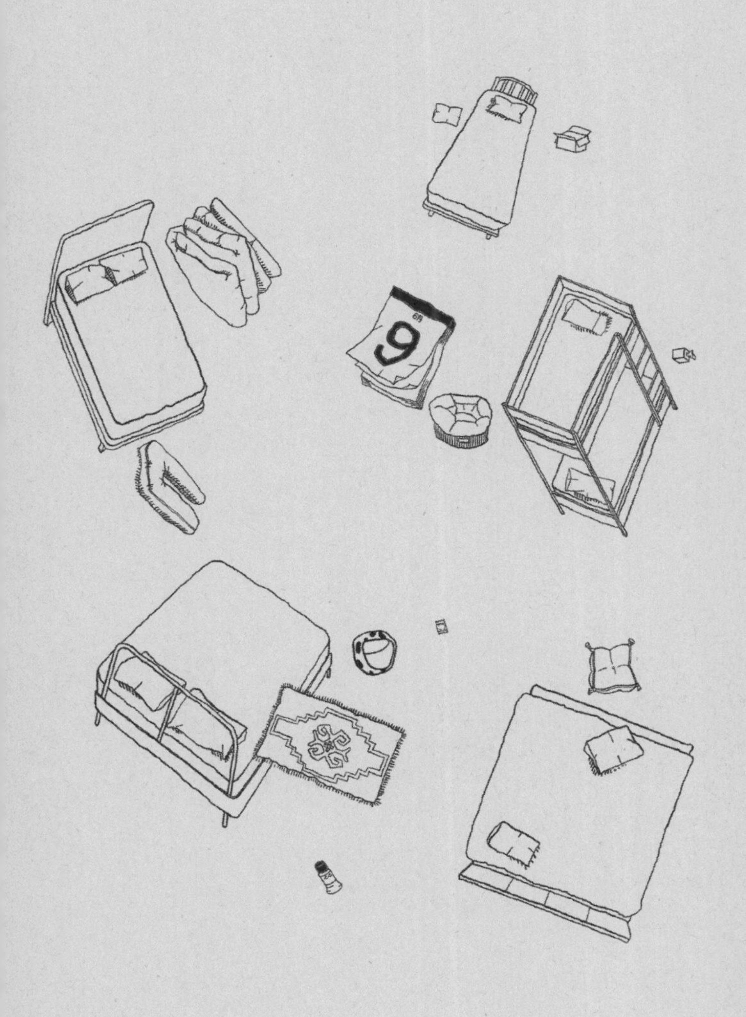
6月
9

원룸텔에 살던 재원 씨네 커플은 그다음으로 연남동에 이층침대가 있는 또다른 원룸텔에서 살다가 드디어 부산으로 이사해 원룸에서 살게 됐다. 드디어 방다운 방, 집다운 집에 살게 된 것이다. 매트리스도 이젠 슈퍼싱글이 되었다. 그러다 강아지 '불금이'를 입양하게 된 이들은 더블침대로 옮긴 삶을 살다가 지금은 퀸 매트리스에 살고 있다고 한다. 그러니까 이들의 연애는 10년간 '싱글-슈퍼싱글-더블-퀸'의 변화를 겪고 '서울-부산-서울'로 이동하는 대서사시였던 셈이다.

집이라고 불리는 많은 집들이 있지만, 그것이 정말 주거의 역할을 오롯이 할 수 있느냐는 것이 나의 질문이다. 주방이 없고 세탁실이 없는 집에 살면 집은 '매트리스'로 인식되고 만다. 집 안에 있어야 할 것은 집 바깥으로 빠져나가 공유 플랫폼이라는 이름으로 모자란 '얼추'를 채우게 된다. 가령 코인세탁소가 그렇고, 작업이나 공부하는 공간이 되어버린 카페도 그렇다. 물론 한정된 자원 내에서 공유 플랫폼을 사용한다는 건 효율뿐 아니라 자원의 재사용 측면에서 긍정적인 부분이 있다. 하지만 모든 부분을 다 공유할 수는 없는 것도 사실이다.

청년에게는 자꾸만 '최소의 집'을 선택하게 한다. 그런데 이 '최소'는 누가 규정하는 것인지, 덕분에 온전한 '집'이 만들어지지 않는다. '최소'의 '집'이란 두 단어는 서로 어울리지 않는 듯 보인다. 공유 공간에 대한 사고가 대안적 선택이 되지 않고 최선의 선택이 되어야 공유 공간 플랫폼도 비로소 제대로 작동할 것이다. 얼추 주방, 얼추 거실, 얼추 다용도실, 얼추 침대로 만들어진 집에서는 제대로 된 삶을 가꿔나갈 수 없다.

직방, 다방, 방방방

김정민

이사를 갈 때마다 깔았다가 이사를 하고 나면 지우는 앱들이 몇 개 있다. 직방, 다방, 피터팬의 좋은 방 구하기 같은 부동산 앱. 이 앱들에 공통적으로 있는 검색 필터는 다음과 같다. 방 종류와 구조, 거래 유형, 금액, 크기, 층수, 연식, 주차 대수, 그리고 추가로 풀 옵션이냐, 베란다냐, 빌트인이냐, 엘리베이터가 있느냐 정도다.

처음부터 손가락이 딱 멈춘다. 방 구조. 내가 가장 이해되지 않는 건 원룸과 투룸의 경계다. '거실+주방'은 원룸이다. '거실+주방, 방1, 방2'은 투룸이다. 그런데 '거실+주방, 방' 조합은 분리형 원룸일 때도 있고 투룸일 때도 있다. 도무지 우리 집이 원룸인지 투룸인지 분리형 원룸인지 모르겠다. 그래서 내가 원하는 집을 찾으려면 원룸 카테고리에서도 검색해야 하고, 투룸 카테고리에서도 검색해 봐야 한다. 그러고 나면 금액과 방 크기를 고르는 슬라이더를 좌우로 조절해 가면서 두 가지가 이상적으로 가리키는 한 점을 찾아낸다. 아뿔싸, 무너져 내리기 직전의 집이다. 얼마나 낡았는지 나 혼자 살기로 계약한 집에 쥐나 벌레 같은 다른 생물들도 같이 살 것만 같다. 참 신기한 건, 보증금을 1천만 원 올리면 딱 1천만 원만큼 좋은 집들이 나타난다. 2천만 원을 올리면 2천만 원 좋아진 집들. 2천만 원 같은 1천만 원은 없다. 크기도 마찬가지다. 1평을 올리면 귀신같이 1평만큼의 금액이 오르고, 1천만 원을 낮추면 1천만 원만큼 크기가 작아지고. 이 둘의 관계는 참으로 일관되어서 정말이지 밉다.

우리가 집을 구할 때 고려하는 건 방 안의 모습도 있지만, 집도 있고 동네도 있다. 지하철이나 버스에서 내려서 집까지 걸어가는 길, 밖에서 보이는 집의 모습, 담의 모양, 외벽의 재료, 동네의 풍경 등등 고려해야 할 것이 무척 많다. 그런데 부동산 앱에서는 집과 그 주변의 맥락은 모두 소거된 채로 '방'만을 보여준다. 방도 중요하지만 방을 보기 전에 동네를 먼저 결정해야 하지 않는가?

건축 디자인을 할 때 주변 맥락을 분석하고 조사하는 건 당연한 일이다. 보이는 것들과 보이지 않는 것들을 바라보는 행위. 건축 수업에서도 학기 초에 꼭 하는 게 바로 사이트site 분석이다. 해당 장소site를 이루고 있는 수많은 것들. 직접적인 주변 교통망이나 다른 건물들, 지형지물도 있지만 각 땅site마다 갖고 있는 문화 자본이나 인적 자본 또한 무시할 수 없다. 게다가 각 땅에는 이름도 있고 종류도 있어서, 어떤 땅에는 거주할 수 있지만 어떤 땅에선 거주할 수 없다. 또 어떤 땅은 건물을 지을 수 있지만 지을 수 없는 땅도 있다.

이런 맥락은 부동산 앱에선 발견할 수 없다. 부동산 앱은 여러 방들을 하나의 틀에 맞춰 올려놓고 억지로 서로 비교하게끔 만든다. 그 비교하는 기준은 구성, 크기, 층수 등 물리적으로 측정할 수 있는 것들뿐이다. 앱 속의 집들은 얼핏 보면 입체적으로 보이지만, 조금 위에서 내려다보거나 아래서 올려다보게 되면 평면 위에 그려진 입체일 뿐이다. 그런데 이러한 방을 집으로, 동네로 범위를 넓혀서 상상해 보면 다른 것들이 보이기 시작한다.

내가 원하는 집 구하기 앱을 상상해 보자. 먼저, '동네'를 검색할 수 있었으면 좋겠다. 자전거가 많은 동네, 조용한 카페가 많은 동네, 다양한 식물을 많이 볼 수 있는 동네, 같은 것들.

이 동네는 벽돌집이 많아요, 이 동네는 반려견과 산책하기 좋아요, 혹은 제로 웨이스트 가게가 많이 있어요, 비건 음식점이 많아요 등등. 이런 이야기들을 볼 수 있다면 얼마나 좋을까.

그뿐만 아니라 '건물'에 대해서도 써 있으면 한다. 건물의 연혁이나 지은 건축가 등을 알려주는 것도 좋지만 그것보단 집 밖의 공간들에 대해서랄까. "1층에 화단을 조성해 잘 관리하고 있어요"라든가 "매일 12시, 6시마다 길냥이들이 와서 밥을 먹고 갑니다" 하는 이야기들. 별로 중요하지 않다고 생각되지만 살다 보면 사실상 매일 마주하는 것들에 대해서 말해주면 좋겠다. 일반적으로 집 주변 인프라라고 하면 지하철과 마트와 편의점을 주로 말하지만, 이것들 말고도 동네를 즐기는 방법은 많으니까.

내가 원하는 걸 부동산 앱에 바라는 게 욕심일까? 정량적인 요소들로 정리하는 것이 이성적이라고 여겨지는 세상에서 내가 알고 싶은 정보들은 수치로 계량할 수 없는 주관적인 것뿐이다. 이런 것들은 결국 여러 동네를 옮겨 다니면서 내가 몸으로 익혀야만 하는 것일까 하는 생각도 든다. 모든 게 편리해지고 스마트폰으로 가능한 시대에 가능하지 않은 것들, 그것을 나는 꿈꾸고 있다. 계량할 수 없다고 해서 보이지 않는 것이 아닌데, 앱에서는 계속해서 지워지는 것들이 있다. 보이지 않는 것이 아니라 보려 하지 않는다는 생각이 자꾸만 든다. 납작한 평면 속에 입체로 그려진 집이 아니라, 정말로 입체적인 집을 찾아 볼 수 있었으면 좋겠다.

나에겐 너무 바쁜 집

이윤석

투자에 관심이 생겼다. 항상 그랬던 것은 아니다. 만나면 하는 이야기가 주식과 부동산, 이직뿐인 친구들과는 만나지 않은 지 오래되었다. 어쩐지 돈에 관한 이야기에는 관심도 없고 나에게 어울리지 않는 일이라고 생각했기 때문이다. 그런데 요즘 세상은 돈에 관한 이야기를 하지 않을 수 없다. 나이별, 연봉별, 직업별로 한 달 월급의 몇 퍼센트를 소비하고, 저축하고, 심지어 투자까지 해야 하는지 답안지를 만들어놓고 면전에서 흔들어댄다. 내 돈을 내 마음대로 쓰는 것에도 죄책감이 느껴진다. 나는 내 마음대로 살고 있으므로 그 답안을 마주할 때마다 언짢아진다.

최근에 사둔 채 잊고 지냈던 주식이 꽤 올랐다는 사실을 알게 되었다. 아주 오랜만에 앱을 켜본 탓에 로그인을 하려니 비밀번호를 새로 찾아야 했다. 주식 거래 앱의 홈 화면에는 빨간 화살표가 빛나고 있었다. ▲+20%. 느닷없이, 이유도 모른 채 돈을 벌 수 있다니 그야말로 횡재라고 생각했다. 노동으로 버는 돈은 값지지만, 노동 없이 그냥 생긴 돈은 달콤했다.

나는 지금까지 돈과 서먹했던 스스로와 작별하고, 근 몇 년간 이상하리만치 뜨거웠던 2030세대의 투자 행렬에 동참해야 할 이유를 찾기 시작했다. 떨어질 수 있다는 사실보다도 오를 수 있다는 가능성에 힘을 실어봤다. '나보다 훨씬 똑똑하고 부지런한 사람들이 내 돈으로 이윤을 만들어 주겠다는데, 투자라는 건 너무나 합리적인 선택 아닐까?' 혹은 '꼭 단기간의 이익을 위한 것이 아니라도, 나의 관심이나 이념과 일치하는 소신 투자도 좋을 것 같다' 등의 근거를 곁들였다. 때마침 내 통장에는 중소기업 청년의 유일한 희망인 '내일채움공제'로 쟁취한 목돈이 있었고, '통장에 넣어둔 돈의 가치는 계속 떨어진다'는 이야기도 어디선가 들어본 기억이 났다.

주식 투자는 시작이 좋았다. 쉽고 편리해서 재미있었고, 휴대폰으로 세계 모든 나라의 재화를 사고파는 경험도 자극적이었다. 처음에는 잘 모르니 일단 가장 인기 있고 안정적이라고 하는 해외주식을 샀다. 사놓고 일주일에 한 번 정도 확인했다. 별문제 없이 주가가 계속 올라서 조금은 어안이 벙벙했다. 짧은 단위로 사고판다고 해 '단타'라고 불리는 투자 방식도 도전해 보기로 했다. 반려인이 다니는 회사의 주식을 조금 샀다. 그가 회사를 너무 열심히 다니는 탓에 내일 당장 망해버릴 것 같지는 않았기 때문이다. 몇 달간 흐름을 지켜보면서 대략적인 금액 변동 폭을 확인하고 매일 최저점에 샀다가 최고점에 팔았다. 몇 주 정도 하다 보니 매일 점심값 정도를 벌 수 있었다.

부동산으로도 뭔가를 해볼 수 있나? 집을 살 돈은 당연히 없었지만 궁금해졌다. 일단 내가 모르는 것이 무엇인지 알기 위해서라도 좀 들여다보자는 마음이었다. 매일 밤 네이버 부동산 페이지를 보기 시작했다. 꽤 여러 가지 필터가 있었기 때문에 일단 기준을 정해야 했다. 서울에 있을 것. 매매가 2억~5억 원일 것(5억 원까지는 어떻게든 구해볼 수 있지 않을까 하는 막연한 희망이 있었다), 방은 두 개 이상일 것, 근처에 공원, 개천, 동산 등 자연이 맞닿아 있을 것. 테라스, 발코니, 마당과 같은 외부 공간이 있을 것. 정성스레 지은 티가 나고 관리가 잘된 건물일 것. 이런 기준들을 충족시키는 매물들은 대개 성북구, 서대문구, 용산구를 중심으로 강북에 포진해 있었다. 건물 유형은 한

두 동짜리 아파트나 다세대주택이었고, 크기는 약 35~40제곱미터 정도였는데 서울의 중심에서 멀어질수록 크기가 커졌다. 사회과학적 감수성까지 고려해 주는 따뜻한 필터는 없었지만, 여러 겹의 뜰채에 걸러진 매물들을 찬찬히 보고 있노라면 잠옷 바람으로 떠난 남의 집 구경은 새벽까지 계속되곤 했다.

어느 시점에서는 내가 부동산 투자를 위한 매물을 찾는다기보단 내가 살고 싶은 집을 찾고 있다는 걸 인지했다. 집이라는 공간에 대한 고민만큼은 주식을 사고팔 때의 건조한 마음가짐으로 대하기 어려웠나 보다. 목적이 뭐든 간에, 그간 내가 발견해서 저장해 둔 집들은 한 번쯤 가보고 싶다는 마음이 생겼다. 관심이 갔던 집들은 사진을 너무 자주 들여다봤던 탓에 이미 내적 친밀감이 상당해진 상태였다. 아주 합법적이고 음침하지 않은 방법으로 집 안을 들여다볼 방법은 부동산에 전화를 거는 방법이 유일했다.

"안녕하세요. 투자 매물에 관심 있어서 연락드렸어요. 네, 정릉동 매물요. 그날 비슷한 거로 몇 개 더 보여주세요."

이상했다. 예상보다 마음에 드는 집들이 많았다. 그간 집을 구할 때마다 보아왔던 도심 속 전세금 1억~2억 원짜리 집들과는 확연히 달랐다. 로맨틱한 구석을 하나쯤 갖고 있었달까? 집에 사랑할 만한 구석이 있으려면 5억 원부터 시작해야 하나 보다. 어떤 집은 문을 열면 개울 흐르는 소리가 졸졸 났다. 나무가 무성히 자란 집 앞 탄천에 물이 흐르고 있었다. 또 다른 집은 복도가 길었는데 중앙에 계단이 있고, 그 계단을 비추는 천창이 있었다. 영화에 자주 등장하는 세운상가의 중정처럼, 복도 아래로 내려다보이는 공간이 천창 덕분에 밝고 쾌적했다. 매일 내 집 대문으로 걸어 들어가는 과정이 특별하게 느껴질 것 같았다. 어떤 집은 옥상에 텃밭이 있었다. 전 세대가 올라와서 쓸 수 있는 텃밭이었는데, 길쭉하고 정직하게 뻗은 플랜트박스들과 휴식 공간이 근사했다.

그중 내 마음에 쏙 들었던 집은 5층짜리 다세대주택의 꼭대기 층이었다. 올라가기 전에는 여느 빌라들과 다를 바 없어 보이는 건물 외관 때문에 큰 기대를 하지 않았지만, 집 안으로 들어갔을 때는 상상하지 못했던 풍경에 놀랐다. 북쪽으로 넓은 베란다가 있고, 방 두 개와 거실이 모두 야외 베란다로 연결되어 있었다. 폭이 2미터 넘는 베란다가 집을 빙 둘러싸고 있었는데 정말이지 믿을 수 없을 만큼 넓고 근사했다. 실외용 라운지체어 두 개, 파라솔과 테이블을 놓는다고 상상해 보아도 충분히 들어가고도 남는 크기였다.

베란다 너머로는 메타세콰이아, 소나무, 단풍나무, 전나무들이 곱게 자라 있었고 그 너머로는 나지막한 단지형 빌라들이, 멀리에는 북한산이 보였다. 나와 반려인, 고양이가 함께 살며 계절마다 이 공간을 다르게 사용하는 상상을 하니 가슴이 벅찼다. 베란다 바닥에는 나무 데크를 깔아 맨발로 나가도 어색하지 않은 바닥을 만들고, 직물 소재의 천막 지붕을 얹어 햇빛이나 비를 피할 수 있게 만들어야겠다고 생각했다. 베란다 한쪽에는 꽤 큰 나무 화분들과 간단히 수확해 먹을 수 있는 식물들을 키우는 텃밭을 만들어야지. 건물 벽에는 직접 고른 조명을 달아야겠다. 지금은 난간 디자인도 투박하고 틈새가 커서 고양이에게 위험할 수도 있으니 내가 디자인해서 다시 설치해야겠다. 그리고 이 모든 야단스러움의 화룡점정으로 핀란드산 풍경風磬을 달자고 다짐했다.

난데없이 시작된 내 집 마련 여행은 몇 시간 동안 이어졌다. 한쪽 머리로는 공간을 어떻게 쓸지 상상하며, 다른 한쪽 머리로는 대출금 상환 계획까지 짜고 있었다. 역시 나는 투자로 돈 벌 사람은 아니구나 하는 생각도 잠시 들었지만, 상상으로만 그리던 공간이 눈앞에 있으니 조금만 노력하면 잡을 수 있을 것 같았다. 저마다 다른 매력이 있어 다르게 마음에 드는 오늘 본 집들을 떠올리니, 마치 내가 가진 선택지가 많은 것만 같았다. 계획하고 실행할 수 있다는 느낌은 정말 충만하고 자극적이어서 이대로 멈추고 싶지 않았다. 그래서 해가 거의 다

져버린 저녁 무렵, 중개인 아저씨가 마지막으로 보여주겠다는 '조금 다른 매물'이 있는 동네로 향했다.

차를 타고 15분 정도 운전해 도착한 어떤 동네의 매물은 지어진 지 얼마 안 돼 분양 플래카드가 걸려 있는 신축 빌라였다. 먼저 도착한 중개인은 우리를 건물 옥상으로 데리고 올라갔다. 당연히 집 내부부터 볼 줄 알았기 때문에 조금 의아했다. 옥상에는 동네의 전경이 펼쳐져 있었다. 동네가 잘 내려다보이는 쪽으로 우리를 안내한 중개인은 난간에 기대어 마치 사극에서 영토 정벌을 꿈꾸는 장군 같은 표정을 지으면서 이야기를 시작했다.

"지금까지 보신 집들도 투자하기에 안전한 곳이긴 해요. 아마 5년 하면 몇천만 원 정도 오를 거예요. 그런데 바로 이 동네가 주소랑 평수만 보고 산다는 그곳이에요. 여기 주변을 보시면 뭐가 보이세요. 슬레이트기와 지붕으로 된 낡은 집들이죠. 이 집들이 싹 철거되고 재개발 아파트 단지가 들어설 거예요. 아직 공식적으로 발표된 건 아니지만, 바로 옆 동네가 최근에 재개발 대상지로 확정되었기 때문에 이 동네도 시간문제인 거죠. 진짜 돈 되는 소액 투자의 원리를 설명해 드릴게요. 사장님께서 나이도 젊으신데 투자에 진심인 것 같으셔서 말씀드리는 겁니다."

그가 들려준 이야기는 대략 이랬다. 재개발 가능성이 있는 지역에 투자하는 방법에는 여러 가지가 있는데 그중 하나가 신축 빌라에 투자하는 것이다. 재개발로 새로 짓는 공동주택의 분양권을 받으려면 해당 구역 내의 건물이나 땅을 소유하고 있어야 하는데, 신축 빌라는 그 분양권을 간편하고 안전하게 받을 수 있도록 설계된 티켓이라는 설명이었다. 재개발 투자는 소문이 강력한 전략이란다. 동네 초입에 '★축★재개발 조합 설립'이라는 플래카드만 걸어둬도 몇억 원이 뛰니 일단 사 놓고 파는 시기만 결정하면 되는 쉬운 투자라고 했다. 집은 재개발 소문으로 반짝 오른 가격에 팔거나, 재개발 대상지로 고시되었을 때, 아니면 시간이 흐른 뒤 아파트 분양권을 팔거나 입주하고 나서 팔면 된다. 내 표정이 어땠는지 모르겠지만, 중개인은 재개발이 나쁜 일 아니라며 나를 안심시켰다. 재개발은 안전 때문에라도 꼭 진행되어야만 하는 일이라고 했다. 돈 되는 일을 왜 굳이 나에게 알려주나 싶어 거짓말인 것 같기도 했다. 하지만 중개인의 표정과 태도는 자기 자신도 충분히 속일 것처럼 진짜 같았다.

"내가 살고 싶은 집은 나를 기다려주지 않잖아요."

몇 년 전 홍제동에 사는 재원 씨와 유식 씨의 집에 놀러 갔을 때 들은 이야기이다. 그들은 고시텔에서부터 투룸 월세까지 10년이 넘는 세월 동안 이주의 경험을 함께한 10년 차 커플이다. 스스로 충실한 임차인이었다고 회고하지만, 충실했던 것치고 왠지 꿈에서는 계속 멀어지고 있다고 했다. 연희동에서 조용하게 살고 싶어 하는 그들은 연희동과 정확히 반대 방향으로 이동하는 중이다. 홍대입구에서 연남동으로, 연남동에서 홍제동으로, 이제는 홍제동에서 또 어딘가로 계속 밀려나가고 있다.

요 몇 달간 바쁘게 집을 보러 다니면서 어렴풋이 알게 된 것은, 집은 항상 나보다 더 바쁘다는 사실이었다. 집은 내가 살아가기 위한 공간으로 지어지지 않는다. 사회가 욕망하는 복잡하고 다원적인 흐름에 의해 자라나고 다시 사라진다. 내가 알 수 없는 목적을 달성하기 위한 도구로 사용되기 위해 나보다 먼저 어딘가로 뛰어가고 있다. 그 속도를 따라가지 못한 것은 내가 느리기 때문만은 아니다.

집에 오는 길은 추웠고 렌터카 핸들에는 열선이 없어 손도 시렸다. 마음도 복잡했다. 중개인 아저씨가 알려준 부동산 시장의 신비로운 비밀로 부자가 될 수도 있겠다는 상상을 하다가도 오늘 본 집들 역시 나를 기다려주지 않으리라는 생각에 잔잔하게 우울해졌다. 주중에는 주식 투자로 점심값을 벌고, 주말에는 부동산을 보러 다니는 삶으로 기대했던 것은 무엇이었을까. 재개발 예상 지역의 지분 쪼개기나 신축 빌라의 목적을 알아버린 나는 이제 세상 물정을 잘 아는 사람이 된 것일까?

2022년의 어느 날, 이유도 모른 채 오르던 주식은 폭락했다. 영혼까지 끌어모아 집을 사라고 부추기던 부동산 시장은 말을 바꿨다. 삶을 더 구체적으로 상상하기 위해 시작했던 일들에는 모호함만이 가득했다. 집에도, 인생에도 삶 말고 다른 것들만 채워지고 있었다.

무너지는 중입니다

김정민

원래 살던 곳의 계약이 만료돼서 지금 살고 있는 곳으로 이사했다. 45년 된 재건축 예정 아파트다. 이곳에 살게 됐다고 말하자 어떤 사람이 "괜찮겠어요?" 하고 물었다. "재건축이 바로 되진 않을 거 같아요"라고 대답하자 돌아오는 말.

"아니… 무너질까 봐…."

설마 무너지진 않겠지? 자기 집이 무너질까 봐 걱정하는 사람들이 많을까 떠올려 보면 그렇진 않을 거라는 생각이 든다. 나도 이 집에 이사오기 전까진 집이 무너질까 하는 걱정을 하며 살진 않았다. 하지만 여기서는 집에 녹물이 나올 때마다, 배관이 노후해서 아랫집에 물이 샐 때마다, 쥐 소리 같은 게 들릴 때마다(정말 이것만큼은 아니라고 믿고 싶다), 집이 무너지면 들고 나갈 물건들을 생각하곤 한다.

먼저 나의 20대가 온전하게 담겨 있는 맥북을 챙겨본다. 그리고 물건을 버리지 못하는 성격 탓에 오랫동안 모아온 노트가 담긴 박스도 챙긴다. 옷은 아쉽지만 버리기로 한다. 조금씩 모은 컵과 화병은 두고 가고. 아, 절판된 책은 챙겨야겠다. 하나하나 생각하다 보니 집이 무너질 때 실제로 챙길 물건은 은근히 적다.

평소에 나는 물건을 잘 버리질 못한다. 중학교 시절의 시험지는 모아두었다가 몇 년 전에야 겨우 버렸다. 당연히 고등학교 때의 물건은 아직 못 버렸고…. 왜 물건을 이렇게 모아두냐는 말을 들으면 '김정민 박물관'을 만들 거라고 농담하곤 한다. 사실은 농담이 아니라 진심이다. 어떤 한 개인의 박물관이라는 거, 조금 징그럽지만 또 한편으론 매력적이지 않을까? 나와 어떤 관계도 없는 사람의 일생이 담겨 있는 박물관. 그래서 물건을 버리려다가도 이런저런 억지스러운 이유들을 만들어 다시 내려놓게 된다. 그렇게 짐은 또 계속해서 늘어나고 이사를 할 때마다 등딱지만 점점 커져간다.

명절 때마다 아파트 여기저기엔 각종 현수막들이 붙는다. 〈즐거운 새해 보내십시오 -AA건설〉, 〈풍성한 한가위 되세요

–BB건설〉 이런 것들. 재개발 아파트에 거주한다는 건 언제나 불안을 안고 산다는 것이다. 아파트 이곳저곳에 붙은 현수막을 보고 있으면 '아, 언젠간 무너지겠구나' 하며 조금 더 체감이 된다. 평소에 지낼 땐 잘 느끼지 못하다가도 명절만 되면 어쩐지 긴장이 되어서 재건축 절차를 찾아본다. 내가 살고 있는 아파트는 재건축 절차가 약 20년간 진행되어서 조합도 만들어진 지 오래고, 재건축 건축심의도 통과했다. 〈○○아파트, 재건축 건축심의 통과!〉라는 현수막은 가장 크게 붙었다. 그러나 통과되자마자 〈졸속으로 처리한 조합장은 물러나라! 모든 세대 한강 조망 확보하라!〉 하는 현수막이 그 자리를 대신하고야 말았다. 말도 많고 탈도 많은 아파트다. 이제 정말 몇 년 남지 않은 것 같다는 생각에 다른 집들을 찾아보지 않을 수 없게 됐다. 그렇게 오래 살진 않았지만, 이번에 세 번째 재계약을 하면서 스무 살 넘어서 살았던 집 중에선 가장 길게 살고 있는 곳이다.

처음 집을 보러 올 땐 내가 이렇게 무너지는 집까지 보게 되다니 싶었다. "1억 원만 더하면 더 좋아요", "지금 가격엔 여기가 최선이에요" 같은 말들을 수십 번 듣고 나니 반쯤은 해탈한 채로 뭐 비슷하겠지 하면서 부서진 타일바닥의 복도를 지나 지금 살고 있는 집에 들어왔다. 기대 없는 표정과 몸짓으로

문을 열었더니, '이게 무슨 일이지, 꽤 괜찮은데' 싶었다. 금액은 저렴했고 공간은 넓었다. 도배만 새로 하면 될 것 같은 느낌이다. 금액 대비 넓은 집에 반해 곧장 계약을 진행했다.

"집에 못 같은 거 박아도 되나요?"

"예? 예예, 상관없어요."

'상관없어요'라는 말이 주는 아늑함을, 그 따스함을 부동산에서 들어본 적이 있던가? 집을 계약할 땐 못 박는 것 하나조차 다 상관 있는 것이었는데…. 누군가에겐 이 집이 거주하는 곳이 아니라 투자의 대상이기에 나오는 '상관없어요'라는 말이, 역설적이게도 얼마나 위안이 되었는지 모른다.

처음으로 사는 전셋집이었기에 이것저것 해볼 수 있겠다 생각했다. 베란다엔 타일을 새로 깔고 작은 테이블을 둬서 커피를 마시며 책을 읽는 공간으로 두고, 벽지는 직접 골라서 새로 하고, 커튼도 새로 하고, 가전도 하나하나 고르며 '내 집'을 만들어갔다. 주방과 거실을 나누는 창은 떼어서 천을 드리우고 화장실은 싹 리모델링을 할 생각이었다. 일단 생각은 말이다. 아무것도 없는 집에 침대를 사고, 냉장고를 사고, 세탁기를 사고 나니 내가 말한 것 중에 많은 것들은 3개월 뒤로, 6개월 뒤로, 1년 뒤로 미루게 됐다.

화장실과 베란다의 타일 공사는 엄두도 못 냈다. 화장실

공사는 300만 원이 든다고 했다. 월급보다 많은 공사 비용에 깜짝 놀라 고치고 싶다는 말이 쏙 들어갔다. 원대한 꿈은 꿈으로만 남기고 벽지와 장판, 커튼만 겨우 마련했다. 새것을 사기 부담스러워 직접 만든 가구들은 툭 치면 흔들리고, 책상이자 식탁은 팔을 기대면 기우뚱하면서 그 위에 있던 온갖 물건들이 흘러내리는 지경이다. 집이 무너지는 중이어서일까, 가구들도 하나둘씩 무너지고 있는 것 같고, 그 가구들과 함께 사는 나도 어딘가 무너져 내리고 있는 것 같다.

무너지지 않고 사는 삶이 가능할까 생각해 본다. 주변엔 이제 슬슬 자기 집을 마련한다는 사람들이 늘어나기 시작하는데 나는 내 일이 아니라고 생각하고 있다. 당장 300만 원이 없어서 곰팡이 잔뜩 낀 화장실을 쓰고 있는데 집 매매가 가당키나 한 일인가. 그렇지만 또 다음 스텝을 생각하지 않을 수 없다.

이 집을 얻은 때는 내가 처음 입사하고 6개월이 흐른 시점이었다. 다행인 건지 중소기업에 취업한 덕에 중소기업청년어쩌고 대출을 받아서 살게 되었고, 가전을 사며 모자란 돈은 신용대출을 받아가며 충당했다. 어차피 이제 내 거니까 이 정도는 투자해도 된다고 생각하면서. 그러면서 '아, 이제 나도 1인분을 하는 삶을 살고 있구나' 하는 생각을 하곤 했다. 창밖에 보이는 나무는 내 집에 있는 나무 같았고, 퇴근하고 집에 돌아와서 노란 간접등을 하나하나 밝히며 잠든 집을 깨우는 일조차 즐거웠다.

그런데 시간이 흐르면서 어딘가 뒤처지는 듯한 느낌이 들기 시작했다. 내가 집을 너무 감상적으로 보는 건가 하는 생각이 들었다. 투자라는 말은 내게 좀 어색하다. 집을 투자로 보는 시선들은 나로 하여금 자라지 못한 것처럼 느껴지게 하고, 어떤 사회적 분위기로부터 계속해서 비껴가고 있다는 기분이 들게 한다. 가끔은 그 시선들이 나를 무너지게 만드는 것이라는 생각도 든다. 나도 무너지고 싶진 않은데. 내가 무너지는 건 나 때문이 아닌데.

언젠간 무너질 이 아파트처럼 나도 무너질 수도 있겠지만 어쨌든 재건축을 하니까, 나도 재충전을 하고 재탄생해서 좀 더 멋지게 살 날이 기다리고 있지 않을까? 아니면 무너질 듯하면서도 45년째 건재한 이 집처럼, 나도 무너질 듯 말 듯 하며 살아갈 수 있지 않을까? 하는 무책임한 생각이나 하고 있다. 마포 시영아파트가 재건축 아파트던데…. 지금 집보단 조금 더 좋은 거 같은데 다음엔 거기로 가볼까 생각하며, 또다시 아직은 무너지지 않은 집들을 찾고 있다. 이러다가 '재건축 아파트 원정기'라는 책을 언젠가 쓸 것 같기도 하다(제발 아니었음 좋겠다).

안행복주택

김정민

SH, LH 선생님들께

안녕하세요, 한국토지주택공사와 서울주택도시공사 선생님들. 저는 김정민이라고 합니다. 제가 두 번이나 행복주택을 신청했었어요. 그래서 이 편지를 쓰게 되었습니다. 선생님들이 아셔야 할 내용도 있고, 아무래도 저도 저를 조금 어필해야 할 것 같아서요.

예전부터 주택청약이란 건 저와 먼 애기라고 생각했어요. 청약에 당첨이 된다 한들 어쨌건 구입할 돈이 있어야 하는데 저에겐 정말 큰돈이기 때문이에요. 당연히 민영 분양주택은 쳐다볼 수도 없고요. 누군 빚을 내서라도 그렇게 하는 게 맞다곤 하는데 전 잘 모르겠어요. 약간 어리석은 면이 있거든요. 이상한 고집도 있고요. 그렇게 별생각 없이 살다가 행복주택이란 게 있다는 걸 얼마 전에야 알게 됐어요. 그래서 신청할 만한 집이 있나 살펴보는데, 정말 많은 집이 있더라고요. 이 중에 내 집 하나는 있겠지 싶었어요. 그런데 이게 또 전략이 필요하더라고요? 수능을 치르고 입시를 할 때처럼 눈치 싸움을 하면서 가/나/다군을 지원하는 기분이었어요. 물론 행복주택은 가/나/다/라/마/바/사 중에 하나에만 넣을 수 있지만요.

어떤 집은 용산역 앞에 있어서 정말이지 탐이 났어요. 그런데 베란다가 없더라고요. 전 베란다가 좋은데 말이에요. 그리고 같은 평수의 다른 집에 비해서 거의 두 배가량 비쌌어요. 청년들을 위한 행복주택 맞죠? 순간 주민등록증을 부리나케 찾아봤지 뭐예요. 저는 제가 청년이 아닌 줄 알았다니까요.

그래서 그 집은 포기하고 다른 집들을 찾아보는데, 우선공급이라는 게 있더라고요? 조건을 보니 같은 지역구에 살고 있으면 해당 지역구의 주택에 우선공급전형으로 지원할 수 있는 것이었어요. '우선'공급이기 때문에 이건 놓쳐서는 안 되겠다 싶어서, 제가 살고 있는 용산구에 있는 집들을 찾아보기 시작했죠. 마침 딱 맞는 게 있더라고요. 지금 집과 비슷한 크기에 조금 더 비싸지만 새 집이니까 좋겠다 싶었어요. 신청 기간 전이어서, 일단 행복주택 안내지에 나온 모델하우스풍의 평면도를 가지고 캐드로 도면을 그렸죠. 당연하잖아요? 곧 이사를 갈 텐데? 그래서 도면을 그려 지금 있는 가구를 배치하고, 앞으로 구매할 가구를 배치하면서 이사 준비 1단계를 끝냈어요. 신청 기간이 돼서 우선공급에 체크를 하고, 또 이런저런 동의서를 위에서 아래까지 1초 만에 후루룩 스크롤바를 내려 체크했어요. 그리고 신청했죠. 주변 사람들에게도 말했어요.

"나 이번에 행복주택 될 거 같아."

"왜?"

"그냥 느낌이 좋아."

서류심사대상자 발표날, 여유롭게 홈페이지에 들어가 봤죠. 아니 웬걸, 제가 없는 거예요. 난 그냥 공급도 아니고 우선공급인데 내가 왜 서류심사대상자에도 못 들어갔지? 하면서 공지사항의 '제N차 행복주택 입주자 서류심사 대상자 합격선.pdf' 파일을 열어 보고는 다시 한번 당황하고야 말았어요. 우선공급 대상자와 일반공급 대상자를 나눠서 선정하는 게 아니겠어요? 제가 단단히 속은 거죠(물론 제대로 알아보지 않은 거긴 한데, 지금 제 기분은 속은 기분입니다). 모르는 게 죄라고 하면 어쩔 수 없지만요. 전 어쩌면 경쟁률이 더 센 곳에 덤벼든

셈일 수도 있어요. '우선'이라는 말에 혹해서요. 그래서 합격선을 보니까 1순위 중에서 무작위로 추첨을 했더라고요. 뭐 그래요. 그럴 수도 있죠. 그런데 몇몇 전형들은 신청자 전원이 서류심사 대상자인 거예요? 그래서 뭔가 하고 봤더니, 신혼부부 전형이더라고요. 맞아요. 이제 할 얘기가 다시 또 많이 생겼어요.

신혼부부 전형에 대해서 말하려고 해요. 일단 신혼부부 전형은 청년/사회초년생 전형에 비해서 집 크기가 조금 더 커요. 최소 2명이니까 그럴 수 있겠죠. 그러니까 아파트를 지으면 가장 작은 평수의 집을 청년/사회초년생에게 청약으로 주고 그다음으로 큰 평수의 집을 신혼부부에게 주는 거예요. 그리고 이것보다 훨씬 큰 평수의 집만 분양을 하고요. 그래서 작은 평수의 집은 평면도가 좀 이상한 경우가 많아요. 큰 평수의 집을 반으로 쪼개거나 삼등분을 해서 한 호수로 만들다 보니 평면 모양이 엄청 길쭉하거나 모지거나 이상하게 생긴 경우가 많더라고요. 마지못해 주는 느낌이라고 하면, 제 억측이겠죠?

여하튼 다시 신혼부부 전형에 대해서 말을 하면, 이 전형은 정말이지 징그러운 전형이라고 생각해요. 소득분위에 따라서 공급을 하는 것도 아니잖아요. 신혼부부 전형의 자격은 다음과 같아요. '남-녀'의 결혼한 부부이며 혼인 기간이 7년 이내일 것. 다른 조건은 다른 전형들과 비슷해요. 국가기관에서 결혼의 유무로 어떤 기회를 더 준다는 게 저는 소름 끼쳤어요. 이런 건 좀 사적인 부분 아닌가요? 제가 결혼한 거랑 SH 선생님들 너네가 무슨 상관이 있다고요. 그럼 결혼이라도 시켜주든가요. 아차차. 제가 조금 흥분했네요. 국가가 부동산 정책에서부터 결혼을 관리하는 것 같아서 충격이었답니다.

한번 가정을 해보려고 해요. 행복한 가정이지요. 행복주택에 여러 번 떨어지고 나서 돌아보니, 조금 더 전략적으로 접근해야겠다고 생각했어요. 이번엔 경쟁률이 낮을 것 같은 곳에 지원을 할 거예요. 경쟁률이 낮은 곳은 비선호 지역이거나 금액이 다른 곳에 비해 월등히 높은 곳이에요. 맞아요. 제가 처음에 지나친 곳이죠. 세상이 나를 속이는 건 아닐 테니, 조금이라도 확률을 높여 제가 그 집에 지원했다고 칩시다. 그래서 결국에 선정이 되었어요.

오예, 하고 소리치고 싶지만, 아뿔싸. 보증금 2억 원에 월세 50만 원을 내라고 하네요. 제가 모아둔 돈이 있어봐야 얼마나 있겠어요. 결국 청년전용 버팀목 전세자금대출을 최대 한도로 받으면, 40만 원의 이자가 붙더라고요. 그럼 월세 90만 원짜리 방이 되는 셈이에요. 그런데 제가 월세 90만 원을 내면 생활이 급격히 힘들어질 거예요. 당첨이 되더라도 끝난 게 아니라 들어가는 건 더 힘들다는 생각을 했어요. 당첨이 되더라도 도저히 살 수 없을 거 같네요. 그렇다면 행복주택은 정말 행복해지는 길이 맞을까요? 안락한 보금자리를 마련하겠다는 꿈은 그렇게도 먼 길인 걸까요?

제가 화를 너무 많이 낸 것 같아요. 그래도 이해해 주시길 바라요. 충분히 화낼 수밖에 없는 상황들이었잖아요. 계속해서 "넌 여기까지야, 넌 이건 안 돼. 조금 더 왔네? 하지만 여기까지야. 더는 못 가"라는 말을 듣는 기분이었어요. SH, LH 선생님들. 혹시나 이 편지가 닿는다면 사다리를 조금 더 내려주세요. 지금은 사다리가 중간에 툭툭 잘려 있어서 올라가기가 너무 무섭네요. 아시겠죠? 부탁드립니다. 그럼, 언제나 건강하시고 무지갯빛 가득한 나날이 되시길 빕니다.

김정민 드림

3장

일상의
발명가들

주름 다리기

이윤석

임대인에게 이사하겠노라고 선포한 날로부터 며칠 뒤, 그가 거래하는 부동산의 직원에게 전화가 왔다. 부동산 앱에 올릴 사진을 찍어야 하는데 언제 방문하면 되느냐는 이야기였다. 최대한 빨리 찍고 싶다 하기에 부동산에서 원하는 날로 약속을 잡았다. 방문하기로 한 날이 되자 마치 당근마켓 거래를 앞둔 기분이 들었다. 중고 직거래 약속 시간이 다가올 때마다 엄습하는 찝찝함이나 불안함과 비슷했다. 뭐랄까, 매끄럽게 계획되어 있던 하루에 뜻하지 않은 불청객이 찾아온 느낌이었다(중고 거래가 찝찝하다는 게 아니다. 나는 당근마켓으로 135건의 거래를 완료했을 만큼 중고 거래를 좋아한다).

약속한 날 만난 부동산 직원은 반쯤 정장 차림을 하고 있었다. 발에는 정장 가게 피팅룸에서 볼 수 있는 슬리퍼형 구두를 신은 채였다. 매일 여러 집을 드나들다 보니 매번 신발을 신고 벗기가 번거로웠나 보다. 언젠가 뒤가 납작해진 구두를 신고 있는 사람을 만나 셜록 홈즈를 흉내 내는 나를 상상했다. "당신 구두의 뒤꿈치가 납작한 걸 보니 부동산 중개인임이 틀림없군요" 하면서.

"형광등 좀 켜겠습니다."

직원은 말했다. 집은 이미 여러 개의 노란 램프로 밝혀져 있었는데 그것으로는 부족했나. 그리고 이내 무릎을 꿇은 자세로 최대한 벽에 붙어서는 가져온 니콘 DSLR 카메라로 사진을 찍기 시작했다. '형광등을 켜다니…. 지금보다 밝아서 좋아질 게 뭐람. 요즘은 분위기로 미는 쪽이 잘 팔리지 않나? 니콘은 누런빛이 강하지 않던가. 그나저나 왜 DSLR로 찍는 거지? 휴대폰으로 찍는 거랑 별반 다르지 않을 텐데' 하며 속으로 구시렁거리는 사이 어느새 촬영이 끝났다. 개인적인 물건들은 모두 모자이크 처리해 줄 것을 약속받았다.

며칠 뒤, 직원이 찍어 간 사진들이 궁금해졌다. 부동산 앱을 이것저것 다운받아 우리 집을 찾아보았다. 고작 원룸이긴 하지만 나름 정성 들여 가꾼 공간이었다. 이 집이 나도 모르는 사이에 '금주의 HOT 매물' 같은 걸로 올라가 있으면 어쩌지? 호들갑을 떨며 앱을 뒤적였다.

- 직접 가서 찍은 100퍼센트 실매물, 실사진, 실가격 매물만 중개합니다.
- 가성비 좋은 넓은 원룸 + 원거실로 다양한 공간 활용이 가능합니다.
- 주변 편의시설(편의점 등)이 잘 갖춰져 있습니다.
- 컨디션은 사진처럼 정말 좋아요!
- 삼전역까지 걸어서 5분! 종합운동장역, 잠실새내역까지 걸어서 9분! 초역세권!
- 빠른 계약이 예상되는 가성비 좋은 매물입니다.

분명 우리 집 사진인데 우리 집처럼 보이지 않았다. 스크롤을 내리면서도 몰라보고 지나칠 뻔했다. '금주의 HOT 매물'은 고사하고 푸른 형광등으로 밝혀진 집은 다른 매물들과 별다를 바 없는 원룸이었다. 사진이 정말 밝았다. 밝기를 한껏 높여 코가 사라진 90년대 뮤직비디오 속의 얼굴들이 떠올랐다. 광각 렌즈로 최대한 당겨 찍은 사진들은 실제보다 커 보이기 위해 안달 난 상태였다. 무릎 높이에서 찍은 사진들의 천장은 펜트하우스처럼 높아 보였다. 모자이크된 물건들이 범죄 현장을 연상시켜 을씨년스러웠다. 이런 사진들로 얻을 수 있는 정보는 많지 않을 텐데, 누가 부동산에 연락하려나. 차라리 형광등은 켜지 말지. 내가 대신 나서 우리 집의 장점을 외치고 싶었다.

"여름엔 시원하고 겨울엔 따뜻합니다. 주방과 방이 분리되어 있어 냄새나는 요리를 하기에도 부담이 없습니다. 이웃들이 모두 조용해 소음에 시달려본 적이 없습니다. 화장실에 창문이 있어 습기가 잘 빠집니다. 소파베드를 활용하면 여러모로 활용하기 좋은 방 크기입니다. 원하시면 저희가 쓰던 걸 5만 원에 놓고 가겠습니다."

옛날부터 형광등은 눈치가 너무 없었다. 눈치 없는데 열심인 스타일이었다. 예를 들면 방 한가운데서 효율적이고 공평한 빛을 비추는 데에만 열중하고 있었다. 파랗고 맹목적인 눈빛으로.

학창 시절 내 책상은 방 한구석에 벽을 보도록 놓여 있었다. 형광등을 등지고 책상에 앉으면 펼친 책에 그림자가 졌다. 그림자를 없애려고 탁상 램프를 켜면 그림자가 이중으로 생겨서 머리가 더 아팠다. 지끈거리는 머리를 싸매고 침대에 누우면 시야에 오직 형광등만 가득 찼다. 책으로도, 휴대폰으로도 가려지지 않았다. 그곳에서 나오는 빛은 내 눈을 향해 직진할 뿐 쉬고 싶은 사람은 안중에도 없었다. 어두운 구석은 절대 남겨둘 수 없다는 듯한 열정이 나에게는 악의처럼 느껴졌다. 내가 책상이 너무 어둡다고 불평하면 부모님은 형광등을 새것으로 갈아주곤 했다. 새것으로 교체한 하루 동안은 방이 정말 밝아졌다. 왠지 책상도 조금 더 밝아진 것 같은 느낌이 들었다. 하지만 이내 깨달았다. 형광등이 밝아질수록 그림자는 더 짙고 선명해질 뿐이라는 걸.

성인이 되어서는 형광등을 켜본 적이 없다. 왜냐하면 우리 집에는 보고 싶지 않은 것들이 너무 많기 때문이다. 나의 노력으로 지울 수 없는 것들이 있다. 집이 나이 들어 어쩔 수 없이 생긴 주름들이 그렇다. 특히 바닥, 벽, 천장 같은 곳들이 나이 들었다. 이런 종류의 주름은 고치는 데 큰돈이 들어서 그냥 함께 살아갈 수밖에 없다. 벽지는 습기에 변색되거나 모기를 잡은 흔적이 지저분하게 남아 있다. 벽은 울퉁불퉁한 면이 그대로 드러나 있다. 콘크리트 면에 바로 벽지를 붙여버렸기 때문이다. 바닥 장판에는 가구가 머물다 간 흔적이 나 있다. 의자를 끌던 부분은 장판이 울어 카펫으로 가려놓은 상태다. 화장실 바닥 타일은 실리콘 줄눈이 떨어져 나가 물이 고이고, 문틀과 벽 사이가 벌어져 콘크리트 면이 드러났다. 반듯한 면이 하나도 없다. 모기에 잠을 설치게 되는 날이면 모기를 잡기 위해 형광등을 켤 수밖에 없었다. 그럴 때마다 일부러 눈을 찡그렸다. 집의 민낯을 마주하기 힘들었다.

그럴 때마다 조명을 하나씩 샀다. 집의 주름을 메꾸는 데 사용했다. 4000K만큼 따뜻하고 모양이 아름다운 조명들은 삶의 구질구질한 면들을 감춰주었다. 부드럽고 따뜻한 빛으로 집에 오른 때를 불려 털어내 주었다. 평탄하지 않은 나의 하루마저 반듯하게 다려주는 듯했다. 형광등을 켜지 않아도 충분히 밝을 때까지 조명을 계속 들였다. 한두 개씩 사 모으던 조명이 열 개가 넘어갈 무렵, 나에게 조명이란 내 생활과 공간을 가꾸는 가장 주체적인 방법이었음을 알게 되었다. 조명은 보고 싶지 않은 것들을 가려주기도 하지만, 보고 싶은 것을 더 잘 들여다보는 방법을 알려주었기 때문이다.

조명은 형광등과는 다른 시선으로 집을 밝힌다. 평범한 하얀 불빛 속 일상에 따뜻한 대비를 더한다. 그러면 드라마가 생긴다. 주어진 공간 자체에 집중하기보다는 먹고, 입고, 자는 행위들을 단위별로 기념할 수 있도록 도와준다. 크고 작은 조명들이 집 안에 들어설 때마다 그 자리에는 새로운 이야기가 만들어진다. 벽보다는 벽에 걸린 그림을, 바닥보다는 테이블이나 책상 위 활자를 밝힌다. 공간의 바탕보다는 그곳에서 일어나는 행위와 시간에 주목하게 해준다. 형광등이 만들었던 공간의 질서를 다시 세우는 적극적인 실천이다. 각자 다른 쓰임의 조명을, 반드시 필요한 위치에 놓는다. 작지만 진취적인 일이다.

식탁테리어

김정민

은화, 경수 님 집에는 꽤나 특이한 방이 있다. 그들은 '고주망태의 이산화탄소 방'이라고 부르지만 난 조금 건조하게 '식탁 방'이라고 부르고 싶다. 신혼부부의 집에서 식탁은 보통 거실과 주방 사이에 위치하거나 거실에 위치하기 마련이다. 그러나 그들의 식탁은 주방 옆에 있는 방 안 가득히 자리 잡고 있다. 보통 20평쯤 되는 아파트엔 작업실 혹은 서재로 쓰는 방이 하나 있고, 안방이라고 부르는 침실이 있고, 여분의 창고 같은 방이 하나 더 있다. 이 방은 대개 창고로 쓰여서 안 입는 계절 옷들을 두거나, 이사하며 버리지 못한 물건들이 이사 올 때 포장했던 모습 그대로 들어 있기 마련이다. 어린아이가 있는 집이면 각종 장난감으로 가득한 방이기도 하고, 심지어는 이 방을 어떻게 써야 할지 몰라서 아무것도 두지 않은 집을 가본 적도 있다. 여분의 방이랄까.

주택 설계를 하며 종종 침실이나 서재처럼 '방 이름'이 아니라 각각의 공간을 '행위'로 설명해 달라고 부탁할 때가 있다. 누워 있는 공간, 공부하는 공간, 음악 듣는 공간, 그냥 멍 때리는 공간 등등. 누워 있는 공간은 누워 있는 공간이지 침실과는 또 다르지 않은가. 이렇게 만들어가다 보면 그 사람만을 위한 특별한 집이 탄생하기도 한다. 한 공간에서 할 수 있는 행위들은 간혹 합쳐지기도 하고 나눠지기도 한다. 사는 사람에 따라 여분의 방이 아니라 특정한 목표가 있는 방이 될 수도 있고, 복합적인 방이 될 수도 있다. '창고 겸 드레스룸 겸 서재'처럼.

이들 부부는 한 방의 문짝을 떼고 큰 찬장과 단단하고 큰 테이블을 떡하니 갖다 놓았다. 그리고 이 방을 '고주망태의 이산화탄소 방'이라고 자신 있게 명명했다. 사람을 부르고 요리를 해서 같이 먹고 음주를 즐기는 이들에게 적절한 선택이었을 테다. 사람이 넷만 들어와도 이산화탄소가 가득해져 점점 더워지고 자꾸만 밖에 나가고 싶게 만드는 묘한 점도 있는 곳이다. 내가 방문했던 날에는 다섯 명이나 모이는 바람에 정말이지 이산화탄소를 내뿜는 방이 되고 말았다.

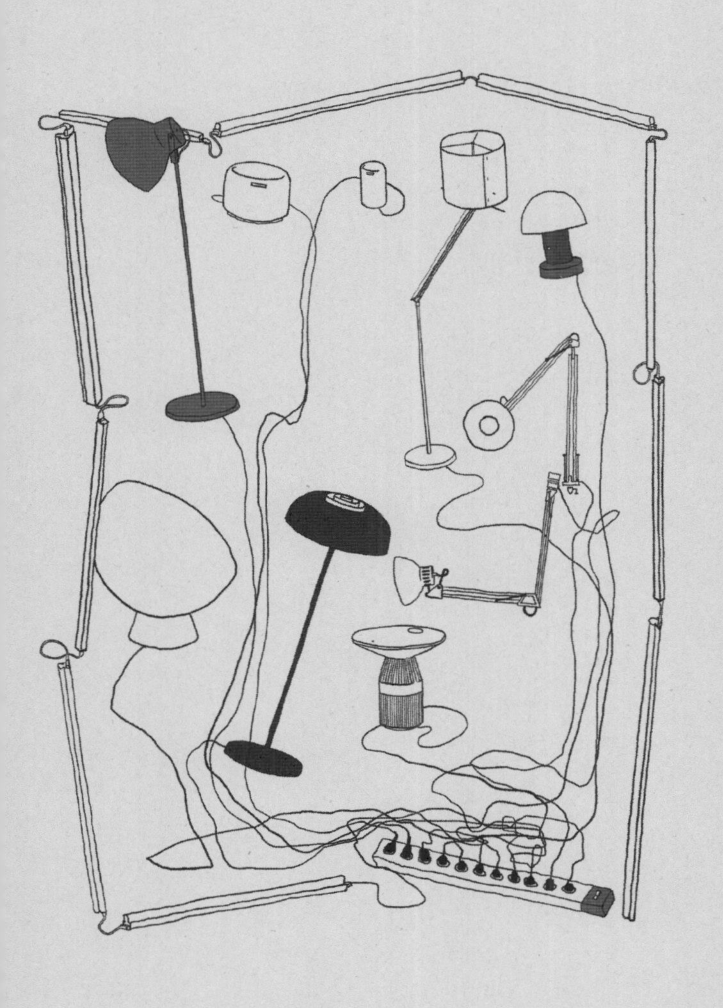

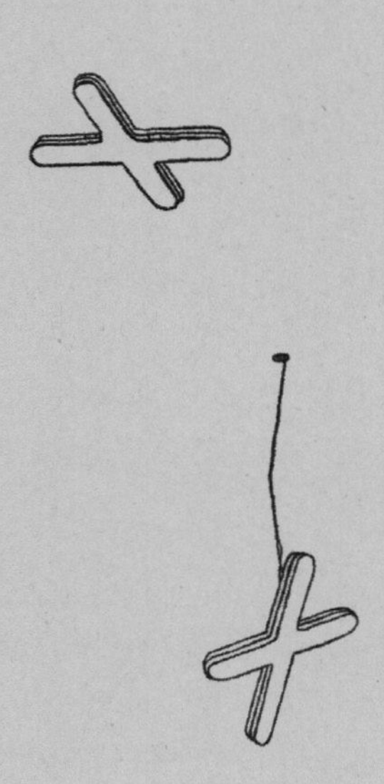

2019년 가을엔 우연히 좋은 기회로 여기공 협동조합과 서울환경연합이 진행하는 〈사회가 차리는 밥상〉의 한 꼭지를 맡아 '서울시 원룸·고시원 등의 먹거리와 관계에 대해'라는 제목으로 학교 밖 청소년을 대상으로 짧은 강연을 한 적이 있다. 나는 20대 중반까지 원룸에 살기도 했고 고시원에 살아본 적도 있다. 그때의 경험을 토대로 한 강연이었다.

고시원이나 원룸에서의 식사는 원 팬 요리가 되거나 코스 요리가 되기 일쑤다. 조리대도 작고 식탁도 작아서 파스타 하나만 만들어도 프라이팬과 냄비를 인덕션 위에서 이리저리 옮기며 저글링하듯 묘기를 하게 된다. 싱크대가 작아서 설거지를 두 번에 나눠 하는 일도 적지 않다. 그러다 보니 프라이팬 하나로 만들 수 있는 볶음밥이나 간단한 덮밥 정도의 음식을 해 먹게 된다. 간혹 친구들이 놀러 와 서너 가지의 요리를 하게 되는 날엔, 입은 많고 화구는 적어서 20분 간격으로 음식이 나오는 코스 요리집을 방불케 한다.

게다가 원룸은 통풍이 되는 구조가 아니라 환기가 어렵다. 창문이 한쪽으로만 나 있기 때문에 환기를 하려면 현관문을 열어야 하는 형국이다. 그렇기 때문에 생선구이처럼 냄새가 많이 나는 음식을 한다는 건 굉장한 용기가 필요한 일이 된다. 환풍기를 아무리 오래 켜둬도 빠지지 않는 음식 냄새를 맡다 보면, 요리하기로 마음먹기가 점점 힘들어진다.

이 강연의 의도는 요리가 힘들다는 걸 말하려는 게 아니었다. 우리가 잘못하고 있는 것이 아니라 근본적으로 원룸 설계의 잘못이기도 하다는 걸 이야기하고 싶었다. 건축 구조와 사회 구조가 "네가 감히 원룸에서 요리를 하려 들어? '전자레인지 하나로 끝내는 100가지 요리법' 같은 책이나 사서 간단히 해 먹어!"라고 소리치는 것만 같다. 원룸에서 요리가 힘든 것은 개인의 문제가 아닌데 괜히 작아지는 마음이 들게 하니 괘씸하다는 생각마저 든다. 그럼에도 이 이야기를 꺼낸 건, 요리하는 즐거움을 쉽게 포기하지 말자는 얘기를 하고 싶어서다. 은화, 경수 님 부부처럼 방 하나를 요리를 위해 쓸 순 없더라도 작은 식탁 하나만 있다면 '식탁테리어'를 통해 요리하는 즐거움을 성취할 수 있다. 집을 인테리어하듯이 식탁테리어도 해볼 수 있다. 인테리어보다는 조금 더 쉽게, 조금 더 가벼운 마음으로.

식탁테리어는 꽤 재밌는 행위다. 식탁테리어를 처음 시작한 건 스무 살이 넘어 혼자 살던 때였다. 막 혼자 살기 시작했을 땐, 부모님이 안 쓰는 식기들을 조금씩 집에 가져왔다. 밥과 국, 그리고 반찬들 모두 비슷한 모양의 그릇에 담을 수 있는 식기 세트였다. 그러다 한번은 책을 사고 사은품으로 유리컵을 받았다. 그 컵을 기존에 쓰던 식기 세트와 함께 놓자, 유리컵 혼자 어색하기도 하고 튀는 느낌이 들었다. 그러다 또 어느 날엔 집 앞 골목에서 열린 벼룩시장에서 모양이 다른 그릇 두어 개를 사 왔다. 그 그릇들도 기존에 있던 식기 세트와는 도무지 조화롭지 않았다. 아, 같은 모양의 식기는 최대 두 개. 두개보다 더 많이는 들이지 말아야겠다 하는 깨달음을 얻었다.

길을 다니다가, 인터넷을 하다가, 카페나 식당에서 밥을 먹다가 눈에 띄는 그릇들을 조금씩 사서 내 작은 식탁에 올려놓았다. 부모님의 식기 세트를 쓸 때와는 다르게 그때그때 다른 식탁이 만들어져서 그 다채로운 모습에 재미를 느꼈다. 마치 작은 인형집을 꾸미는 기분이었다.

식탁테리어는 다양한 요리를 하거나 혹은 다양한 식재료를 사게 만들기도 한다. 이 접시에는 딸기를 올려놓으면 정말 좋을 거 같아, 그리고 요거트를 살짝 뿌리는 거야, 이 큰 대접에는 면 요리가 어울리겠는걸, 하면서 나만의 작은 인테리어를, 식탁테리어를 꾸며보는 것이다.

언젠가 SNS에서 이런 글을 봤다. "요리는 도전하기에 꽤나 좋은 취미다. 성공했을 때 성취감은 물론이거니와 실패했을 때도 금방 잊고 일어서게 해준다." 이 말이 나에겐 무척 큰 위로가 됐다. 실패하더라도 엄청나게 큰 비용이 들지 않고, 어찌저

찌 먹거나 설거지를 하면서 또 금방 잊게 된다. 식탁테리어도 이와 비슷하다. 집을 바꾸는 건 큰 노동과 많은 비용과 긴 시간이 필요하지만, 식탁은 그에 비해 쉽게 바꿀 수 있다. 여기저기서 구한 식기류를 찬장에서 하나둘씩 꺼내어 식탁에 두면, 식탁은 하나의 컬렉션이 된다. 집에서 나를 위한 요리를 하고 내가 좋아하는 식기에 담는 행위 자체가 내 집을 사랑하고 정을 붙이는 행위라고 나는 믿고 있다. 오늘은 오랜만에 마트가 아니라 시장에 가야겠다. 자주 가는 야채 가게에서 시금치 같은 걸 좀 사고, 두부 가게에선 손두부를 사야지. 생각만 해도 벌써 배가 고프다.

죽이게 예쁜 화분

이윤석

"봄은 만물이 깨어나는 시기죠. 절기를 기념하는 마음으로 식물을 또 한 무더기 주문했어요."

정민 씨는 올해도 집 안에 새 식물을 들였다. 이미 이런저런 식물들을 키우고 있었는데, 작년에 용산구로 이사할 때는 나무까지 선물받았다. 나무의 이름은 해피트리. 개업 축하 전용 나무다. 집들이차 그의 집을 방문했던 날 이후 내 머릿속에는 거실에서 큰 존재감을 과시하고 있던 해피트리만 남았다. 그와 같은 회사에 다니는 3년 동안 가끔 식물들의 안부를 전해 듣곤 했다. "뾰족한 애는 이파리가 다 시들었는데, 죽은 건 아니고 동면하고 있는 거래요. 다행이에요." 또는 "우리 집엔

가을이 왔어요. 식물들이 낙엽을 떨구네요. 그냥 말라버린 건 아니겠죠?"라며 떨리는 목소리로.

2015년부터 내가 키웠던 식물들을 떠올려본다. 스투키, 스킨답서스, 금전수, 행잉 립살리스 쇼우, 행잉 마오리 코로키아, 알로카시아, 셀로움, 유칼립투스, 미니 편백, 자카란다, 흙에 심은 생선가시 선인장, 팔손이, 틸란드시아, 립살리스 폭스테일, 아비스 고사리, 산수국, 그리고 셀 수 없이 많은 바질과 애플민트, 아스파라거스 펀, 그리고 다육식물들까지. 식물 한두 개 정도는 키울 수 있지 않을까 하는 마음으로 샀던 것들이 모아놓으니 이렇게나 많다. 하지만 지금까지 우리 집에 살아 있는 식물은 아비스 고사리뿐이다. 식물들이 우리 집에서 생존할 확률은 최대로 쳐야 단 6.25퍼센트. 우리 집은 식물의 무덤이다.

식물을 키운다는 것은 생각보다 어려운 일이다. 키울수록 잘 모르겠다. 갑자기 시들거나 죽어도 그 이유를 파악하기가 불가능에 가깝다. 식물 전문 서적, 블로거, 유튜버들을 통해 정보를 얻어보려 해도 노랗게 변한 내 식물의 이파리가 과습으로 마른 건지, 아니면 반대로 과도한 직사광선을 맞아 생긴 잎 마름인지 진단하기 어렵다. 내 공간의 환경적 특성을 오랜 시간 자세히 관찰해야 알 수 있는 일인데, 과학 실험처럼 변인들을 통제해 가며 비교할 수 없기 때문이다. 꽃시장까지 가서 직접 물어봐도 "물만 잘 주면 된다"라는 두루뭉술한 대답만 돌아올 뿐이었다. 꽃시장은 습도와 환기, 햇빛이 모두 충분해 이미 완벽한 환경이니, 꽃집 사장님들에게는 손님들이 사간 식물들이 죽었다는 것이 미스터리일지도 모르겠다. 꽃시장에서는 시들시들한 식물을 본 적이 없다.

갖은 노력을 해도 자꾸만 죽어버리는 식물 때문에 화분을 의심해 보기도 했다. 공기가 충분히 통하지 않았다거나, 충격을 흡수하지 못해서 뿌리에 손상이 간 건 아니었을까? 시간 날 때마다 화분을 검색하고 상품들을 비교했다. 어쩐지 한 군데씩 마음에 들지 않는 여러 화분들을 추린 끝에 토분 하나를 발견했다. 절굿공이 모양을 하고 있었다. 토분이라 물 빠짐과 통기성이 좋은 데다 모양과 재질, 비례가 다양해 예쁘고 특이했다. 집에 있는 식물 개수만큼 구매했다. 화분이 집에 도착하자마자 집 안의 식물들을 모두 분갈이했다. 화분에 담긴 식물들은 핀터레스트에 '플랜테리어'로 검색하면 나오는 이미지들처럼 완벽했다. 우드톤 선반에 올라간 모래 질감의 토분은 이파리가 특이한 고사리들과 잘 어울렸고, 넓적한 쟁반 형태의 화분에 올린 기하학적인 모양의 선인장들은 집 안 풍경을 풍성하게 만들어주었다. 그리고 2주 뒤, 분갈이를 해준 식물들은 갑작스럽게 시들거리며 앓다가 죽었다.

집에 살아 있는 것을 들여야 한다면 식물을 선택할 것이다. 잘 관리해 주지 못해 시들거나 죽었을 때 양심의 가책으로부터 가장 자유로운 선택지라고 생각했다. 하지만 죽어버린 식물들을 쓰레기봉투에 들어갈 만한 크기로 조각낼 때는 토막살인이 연상되곤 했다. 심지어 점성 있는 액체가 나와서 더욱 끔찍한 기분이 들었다. '반려식물'이라는 단어가 가진 진지함 때문이었을까? 식물은 의식도, 통각도 갖고 있지 않다는 과학적인 사실로도 죄책감은 떨쳐낼 수 없었다. 집에서 하도 많이 죽여본 탓에, 식물이 많은 공간에 가면 그곳이 큰 중환자실 같다는 느낌이 들어 가슴이 답답했다. 플랜테리어 콘셉트의 카페가 폐업하면 저 많은 식물은 어디로 가는지 의문이었다. 건물 전면에 식물을 매달아 만든 그린월은 겨울에 어떻게 관리하는지, 여러해살이 식물인지 대신 걱정했다.

애초에 식물이 집 안에서 잘 살리라고 생각하지 않았다. 나의 공간은 좁고 건조하며 햇빛과 바람이 변덕스럽기 때문이다. 아무리 창가라 한들 식물에게는 도로 옆 가로수 밑동만도 못한 환경일 테니까. 그럼에도 불구하고 나는 이번 봄에 큼지막하고 넙데데한 보스턴 고사리를 들이기로 했다. 최대한 아름다운 화분에, 최대한 이국적인 고사리를 담아 내가 원하는

일반
20

위치에 놓고 감상하리라 벼르고 있다. 그 생물이 또다시 우리 집에서 생을 마감한다고 할지라도 반복할 것 같다. 식물이 주는 만족감은 포기할 수 없다. 요즘 사람들의 하루하루는 충분히 힘드니까, 식물들의 죽음까지 무겁게 느끼는 것은 불필요할지 모른다. 식물은 식물이고 나는 최선을 다했으니까 충분히 그것을 만끽할 자격이 있지 않은가 생각했다.

식물이라는 존재는 내가 사는 예사로운 공간에 특별한 깊이를 더해준다. 화분에 담겨 스스로 움직이지도 못하고, 당장 물을 달라고 말할 수 있는 것도 아니며, 때때로 집에 비해 너무 크게 느껴져 짐이 되기도 한다. 하지만 식물은 공간을 만드는 구심점이 된다. 나를 활동하게 만드는 지휘자 같다. 소파 옆에 놓인 나무는 텔레비전만 보기에는 너무 멋진 배경이 되고, 서재 한가운데 놓인 화분은 곁에 걸터앉아 휴대폰을 만지작거리고 싶은 공간이 된다. 공간을 부드럽게 나누는 데 쓰기에도 좋다. 예고 없이 방문을 여는 가족들을 막을 수 있는 파티션이 되기도 하고, 침대와 책상 사이에 놓아 작업 공간과 휴식 공간을 분리하는 데에도 유용하다.

식물 자체가 갖는 생명력이 일상에 주는 자극도 소중하다. 빠르게 변화하는 역동적인 생명체가 곁에 있다는 사실이 일상을 환기한다. 어디서 튀어나올지 모르는 새로운 이파리는 매일 비슷한 집 안 풍경을 새롭게 바꿔놓는다. 줄기의 가장 예쁜 방향과 각도를 찾기 위해 괜히 화분을 돌려본다. 평범하거나 최소한의 기능만 갖춘 나의 공간에 비해, 식물이 가진 정교한 아름다움은 그 개체가 진화해 온 시간만큼 복잡하다. 참 진부한 표현이지만 생명의 신비로움이 느껴진다. 새롭게 자라나는 싹, 잎, 꽃의 모양과 색을 자세히 들여다보고 있노라면 내 방 한구석에서 이런 역동적인 변화를 관찰할 수 있다는 사실에 감동하곤 한다.

원룸에 살 때였다. 오후 4시쯤 되면 방으로 빛이 한 조각 들어왔다. 다른 집들에 의해 다 잘려 나가고 남은 손바닥만 한 빛이었다. 그 빛이 그리는 궤적을 따라 방의 작은 화분들을 늘어놓곤 했다. 잠시나마 이 작은 생명체들이 태양으로부터 직접 여행해 온 빛을 쬐게 해주고 싶었다. 총성이 난무하는 현실 속에서도 한쪽 옆구리에 화분을 끼고 다니던 레옹과 마틸다처럼 비장한 마음이었다. 그때는 정말 내 한 몸 챙기기에도 복잡한 시간이었지만, 내가 챙길 수 있는 대상이 있으며 그 대상이 나에게 주는 분명한 행복이 있다는 사실이 좋았다. 주고받는 관계가 위안을 주었다. 그것이 내가 이 아담한 공간에 굳이 그들의 자리를 만들고 계절마다 집으로 데려오는 이유다. 식물에도 통각이 있다는 사실이 과학적으로 밝혀지지 않는 이상 계속할 것이다. 넓이는 부족해도 깊이는 늘일 수 있다는 믿음 때문이다.

집 안의 작은 동물

김정민

내가 중학생이 되고 누나는 고등학생이 되어서야 우리는 비로소 각자의 방을 갖게 됐다. 이전까지는 같은 방에서 이층 침대를 두고 작은 방을 더 작게 나눠서 사용했다. 그리고 이때 처음으로 집에 동물이 들어왔다. 작은 케이지 속에.

누나가 사자고 했는지 내가 사자고 했는지 기억은 나지 않지만, 우리 집엔 햄스터가 두 마리 생겼다. 햄스터 두 마리는 곧 햄스터 여러 마리가 됐다. 그리고 곧 동물의 왕국에서나 볼 법한 동족 산장의 비극이 집 안에서도 벌어졌다. 햄스터는 다시 세 마리, 두 마리, 한 마리가 되었다가 케이지와 함께 언젠가 사라졌다. 그리고 한참이 지나서야 햄스터는 독립적인 생활을 하는 영역 동물이라는 것을 알게 되었다. 그래서 심지어 자기 자식들도 잡아먹는다고…. 그 사실을 몰랐던 누나와 나는 햄스터의 사체와 유골을 보고 동물을 키우자는 말을 다시는 꺼내지 않았다. 그렇게 나는 동물과 영 친해지지 못한 사람으로 자라왔다.

동물은 집 안에 있어야 하는 건지 아니면 집 밖에 있어야 하는 건지, 내가 동물을 키우는 건지 동물이 나를 지켜주거나 그 존재 자체로 기쁨을 주는 건지. 이런 것들에 대해서 별생각 없이 자라온 나는 동물과 함께하는 삶을 상상하기가 어렵다. 게다가 누구를 책임지기는커녕 나 하나도 제대로 책임지지 못하는 내가 동물과 함께 산다고 하면 지나가던 개가 다 비웃을 것이다.

고양이가 있는 집에 간 건 오랜만이었다. 그 집에 가자 10년 전 생각이 났다. 여러 명이서 한집에 살 적에 '뽀송이'라는 고양이를 잠깐 함께 키웠던 적이 있다. 이때도 주로 밥과 물을 주고 놀아주고 화장실을 치우는 사람은 뽀송이를 데려온 사람이었기에, 녀석과는 쉽게 친해지지 못했다. 아니 친해지려는 생각도 하지 않았다. 동물과 노는 행위가 어쩐지 어색하게 느껴졌기 때문이다. 그때 살던 집은 3층이었는데, 뽀송이가 열린 문으로 뛰쳐나가서 2층까지 내려갔다 다시 올라온 적이 있었다. 그런 기억 때문인지 고양이가 있는 집에 놀러 갈 땐 괜히 긴장이 됐다. 집으로 올라가는 계단에서부터 걱정이 됐다. '문을 열면 바로 바깥인데 고양이가 갑자기 튀어나오면 어떡하지? 그랬다간 고양이 탐정을 부르거나 SNS에 전단지를 올려야 할 텐데. 제발 걱정할 일이 생기지 않았으면 좋겠다' 하는 생각과 함께 조심스레 문을 열었다.

문을 열어준 최준영 씨는 다행히도 나처럼 무책임한 사람이 아니었다. 반려 고양이 '이틀이'와 함께한 삶이 집에 오롯이 담겨 있었다. 문을 연 잠깐 사이에 고양이가 밖으로 나갈 수 없도록 현관문 안쪽에 중문을 설치해 두었다. 집은 크기에 비해 넓게 느껴졌다. 방과 방을 구분하고 있던 방문을 없앴기 때문이다. 그리고 그 자리에는 긴 천을 드리웠다. 덕분에 이틀이는 어느 방이든 원하는 곳으로 편하게 돌아다닐 수 있었다.

떼어놓은 문은 어쩐지 미술관에 있는 작품처럼 방 한편에 세워져 있었고, 그곳엔 모자 여러 개가 나란히 걸려 있었다. 거실엔 서랍장과 텔레비전 테이블이 있고, 그 옆엔 협탁이, 그 옆엔 작은 테이블과 소파가, 벽에는 선반이 달려 있었다. 언뜻 보면 깔끔해 보이는 이 공간은, 이 집의 작은 생물 이틀이가 거실로 들어오면 순식간에 변한다. 아니, 변신한다. 거대한 캣타워로. 높이가 조금씩 다른 서랍장과 테이블들을 딛고 디뎌서 높은 곳에 있는 선반까지 올라간 이틀이의 모습은 자신만의 성을 자유롭게 오르락내리락하는 군주처럼 보이기까지 했다. 완전한 캣타워를 이용하는 이틀이를 보면서 준영 씨는 얼마나 뿌듯할까. "집은 살기 위한 기계다"라고 말한 건축가 르코르뷔지에도 준영 씨의 '청파동-캣-메커니컬-타워-하우스'를 보며 한 수 배우지 않을까 싶다.

건축은 인간의 스케일에 맞추어서 설계한다. 그중에서 단독주택은 더욱이 그 집에 사는 사람의 신체적 특성을 고려해서 설계하게 된다. 사는 사람의 연령에 따라 계단의 높이도 적정하게 맞추어서 설계할 수 있고, 앉은 눈높이에 맞추어서 알맞게 보이는 창을 낸다거나, 집 안에서 휠체어를 탈 경우 단차를 없앤다거나 하는 것들. 그동안 인간의 건축에 익숙해져 있던 나는 반려동물과 함께하는 건물을 설계할 때면 당혹스럽기도 했다. 더군다나 반려동물의 종류는 얼마나 다양한가. 고양이만 키워본 사람은 강아지의 행동을 모르기에 식탁의 높이가 어느 정도여야 식탁의 음식을 먹지 않을지 모를 것이고, 강아지만 키워본 사람은 고양이의 행동을 모르기에 찬장을 어떻게 디자인해야 고양이가 쉽게 열 수 없는지 모를 것이다. 동물을 제대로 키워보지 않은 나는 어느 정도의 단차가 동물들이 오르고 내리는 데에 불편함이 없는지 관찰하고 공부해야 한다.

동물이 함께 사는 집은 움직임뿐만 아니라 다른 요소들도 고려할 것이 많다. 특히나 털이 있는 동물과 함께 사는 경우엔 세탁실 하수구가 자주 막히는데, 이를 방지하기 위해 배관 크기를 조금 더 여유 있게 설계하기도 한다. 이런 면에서 동물이 있는 지인들의 집을 방문하는 건 나름의 공부이기도 하다. 집은 가구와 달리 쉽게 사고팔 수도 없고 바꾸기도 쉽지 않다. 그렇기에 처음 설계할 때 많은 것들을 최대한 고려해야 한다. 고양이와 함께 사는 집을 설계할 기회가 주어지면, 준영 씨의 집에 방문했던 경험이 어느 정도 도움이 되지 않을까 생각한다.

강아지를 반려동물로 들이고 싶다는 생각을 2년 가까이 했다. 강아지 관련 유튜브도 찾아보고 텔레비전 프로그램도 보면서 나름의 공부도 했다. 그런데 자꾸만 머릿속에 이런 생각이 들었다. '내가 지금 살고 있는 집이 강아지의 활동성을 감당할 수 있을까?', '내 짐만으로도 가득한 이 집에 강아지의 물건까지 둘 수 있을까? 나 하나도 겨우 버티고 있는데?' 아마도 그만큼 절실하지 않아서일 것이다. 식구가 새로 들어오면 당연히 그 식구와 함께할 새로운 집을 상상하며 만들어가야 하는데, 지금 있는 내 물건들이나 내 공간을 포기하고 싶지 않은 것일 테지. SNS를 구경하다 보면 유기견이나 유기묘 입양처를 찾는 글들이 많이 보인다. 이런 글들을 볼 때면 그들과 함께하는 삶을 상상해 보기도 했지만, 결국엔 아직 준비가 되지 않았다고 생각했다.

그렇지만 어떤 드라마틱한 만남을 꿈꾸고 있는 것도 맞다. '비가 많이 오던 날 풀숲이 조금 들썩거려서 가보니 어린 고양이가 있는 거예요. 그래서 급하게 비 안 맞는 곳으로 옮겨다주고 먹을 것을 주었더니, 다음 날 비가 그쳐도 안 돌아가고 계속 저를 따라오더라고요. 그렇게 함께한 지 5년이 되었어요' 같은 이야기들. 그러면서 나는 인터넷에서 〈나에게 맞는 반려동물 유형은?〉 사이트를 지나치지 못할 것이다. "당신은 '쾌활하며 때론 시끄러운 강아지'입니다, 당신과 가장 어울리는 동물은 '지적이지만 조금은 새침한 악어'이며, 당신과 상극인 동물은 '언제나 앞장서는 씩씩한 고릴라'입니다." 이런저런 생각을 하면서도 여전히 꿈꾼다. 나에게로 우연히, 그러나 아주 크게, 내가 저항하지 못할 큰 파도처럼 달려올 집 안의 동물을.

캣타워, 별자리방, 실험실

이윤석

항상 두리번거리며 길을 걷는다. 특히 오래된 동네의 길을 걸을 때는 더욱 집중해서 살핀다. 거리에는 진귀한 구경거리가 있기 때문이다. 나는 그 구경거리들을 '일상의 발명품'이라고 부른다. 말 그대로 어떤 개인이 일상의 성찰을 통해 발명해 낸 물건이나 공간을 뜻한다. 그것들은 보통 골목길, 공원, 버스 정류장이나 공사장에서 발견할 수 있고, 높은 확률로 낡은 집의 안팎에 놓여 있다. 발명품의 유형은 다양하다. 거울, 손수레, 의자와 같은 물건에서부터 오토바이, 승합차와 같은 탈것이기도 하다. 계단이나 수돗가 같은 작은 공간인 경우도 있다.

예를 들면 을지로의 어떤 가게 앞에 놓인 의자를 떠올려

본다. 7천 원짜리 백반을 파는 식당에서 자주 봤던 것 같은 낡은 업소용 의자다. 쇠로 만들어져 오래되었지만 멀쩡해서 버리기는 아까운 그런 물건이다. 가게 앞에 놓고 쓰다 보니 쿠션이 다 갈라졌고 오래 앉아 있으면 엉덩이가 배긴다. 가게를 뒤져 보니 지난 겨울에 쓰다 남은 수도 동파 방지용 단열재가 있다. 꽤 푹신한 게 의자 쿠션에 덧대놓으니 쓸 만하다. 잠깐 앉았다 가는 사람들도 잘 만들었다고 한다. 의자 등받이 뒤에다가는 빨간색 전기 테이프로 '주차금지'라고 써 붙여놓았다. 의자로 쓰지 않을 때는 가게 앞 작은 주차 공간을 수호하는 입간판으로 쓴다.

이런 일상의 발명품들은 몇 가지 특성을 공유한다. 매번 들어맞는 것은 아니지만 대략 이렇다. 첫 번째로, 두 가지 이상의 존재를 합쳐 만든다. 을지로의 그 의자를 철제 의자에 단열재와 전기 테이프를 더해 만들었던 것과 같이 말이다. 수도관을 감싸기 위한 단열재가 쿠션으로 이용되었던 것처럼, 재료들이 원래 용도와 다르게 쓰이는 경우를 자주 관찰할 수 있다. 물건의 새로운 의미를 찾아낸다.

두 번째로, 디테일이 유려하진 않지만 태도가 대범하다. 물건이나 공간을 디자인하는 사람들은 보통 이질적인 것이 만나는 부분에 과하게 집착하는 경향이 있는데, 일상의 발명가들은 이에 관대하고 능숙하다. 케이블타이, 접착제, 실리콘이나 테이프 같은 부자재들을 활용해 뚝딱 만들어낸다. 발명품들을 접착하거나 엮어서 조립하는 방식을 보고 있노라면, 마치 응급 상황에 빠르고 능숙하게 대응하는 기술자 같다. 만들기 쉬운 발명품이라는 점에서 확장성을 띠기도 한다. 한 집에서 만들면 옆집에서 따라 만든다.

세 번째로는, 구수한 아름다움을 가지고 있다. 특히 도시 속에서 발명품들을 발견할 때면 주변과 묘하게 어울리면서도 생경하다는 인상을 받는다. 익숙하면서도 기묘한 물체가 도시에서 유영하는 풍경은, 개인으로서 감히 도전할 수 없는 도시에 균열을 내는 유머처럼 느껴진다. 찬란한 도시의 표면을 비틀고 꼬집어서 만든 생채기 같다. 모든 것이 매끄럽게 포장된 세계 안에서 삐져나온 누군가의 깊은 속마음 같다. 보고 있으면 웃음이 난다.

집 안에도 일상의 발명품들이 있다. 누군가의 집에 방문할 때면 그것들을 훔쳐볼 생각에 들뜬다. 타인의 집에 초대받지 않는 이상 엿볼 수 없는 아주 사적인 행위의 부산물이기 때문이다. 집 안의 발명품들은 매일 반복하는 일상과 맞닿아 만들어지기 때문에 어느샌가, 그리고 은근하게 탄생하는 경우가 많다. 스스로 발명 행위를 하고 있다는 것을 인지하기가 어럽다. 우리 집에도 그렇게 만들어진 옷장이 하나 있다. 이케아에서 산 옷장인데 모델명은 이바르IVAR다. 이 옷장은 소나무 각재로 만들어진 모듈을 조합해 만든다. 원하는 용도와 크기에 맞게 틀을 짠 후 서랍, 선반, 레일 등을 넣어 기능을 추가할 수 있다. 이사를 하게 될 경우 쉽게 분리해 옮길 수 있고 더 많은 공간이 필요할 때는 추가로 모듈을 구매해 확장할 수 있는 것도 특징이다.

이 옷장을 선택했던 가장 큰 이유는 문이 없는 개방형이라는 점 때문이었다. 크지 않은 공간에 꽉 막힌 옷장을 놓는 것이 답답할까 봐 고민했는데, 차라리 시원하게 열어놓자는 생각이었다. 3년이 흐른 지금, 문이 없는 우리 집의 옷장은 거대한 캣타워가 되었다. 고양이를 입양하면서 옷장 구성을 바꿔 고양이가 오를 수 있는 공간으로 만들었다. 지금의 그것은 옷장과 캣타워 중간의 무언가이다. 바닥에서부터 옷장 맨 꼭대기까지 올라갈 수 있는 계단식 경로가 있고, 꼭대기에 오르면 고양이 전용 침대와 푹신한 앉을 자리가 마련되어 있다. 중간중간 침대로 뛰어내릴 수 있는 다이빙대 같은 것도 있다. 옷장 기둥에는 군데군데 스크래처를 달아두었다. 고양이는 옷 속으로 기어들어 가 몸을 숨기거나 잠을 자기도 한다. 옷은 당연히 고양이 털로 뒤덮이지만 괜찮다. 사람이 막을 수 있는 일이 아니다. 옷장은 지금 우리 집 고양이가 가장 사랑하는 놀이 공간이자 잠자리가 되었다.

방에서 벌어지는 일 자체가 '발명적'인 경우도 있었다. 몇 년 전 온라인 점성술가로 활동했던 배준영 씨의 양평동 오피스텔이 그랬다. 이 집에는 해가 저물면 상담소가 되는 방이 있었다. 그는 어쩌다 공부하게 된 점성술로 가끔 지인들의 운세를 봐주는 것이 취미였다. 그런데 한두 명 봐준다고 시작한 일이 입소문을 타고 유명해지면서 자고 일어나면 카카오톡에 온라인 상담을 의뢰하는 수십 가지 사연이 도착해 있었다고 한다.

일과가 끝나면 그는 서쪽 방으로 향했다. 정확히 서쪽 방향으로 난 창문 아래에는 작은 책상이 있었다. 책상에 앉아 노트북을 켜면 빨갛게 지는 해 위로 남색 하늘이 따라 내려온다. 해가 저물어가는 시간은 그가 앉은 작은 책상이 별자리 보는 방으로 바뀌는 때였다. 하얀 벽이 빨갛다가 파랗다가 어두워지면 어둠이 길어 올린 별자리들은 숨겨왔던 이야기들을 전해주곤 했다.

지금의 양평동은 높은 건물들이 많이 생겼다. 아마 이제는 서쪽 방에서 지는 해를 볼 수 없을 것이다. 나는 그가 들려준 '타로점 보는 방' 이야기를 자주 떠올리곤 했다. 환경과 시간, 별자리와 준영 씨가 함께 만든 근사한 시한부 발명품이라고 생각했다. 혼란한 도심 속의 고요한 가내수공업장이었다.

집 전체를 하나의 큰 발명품으로 쓰는 사람도 있었다. 친구 인석의 집이었는데, 습관 만들기 앱을 개발하는 그는 집을 하나의 큰 실험실로 쓰고 있었다. 그는 최선을 다해 집 안을 간결하게 만들어 빈 공간을 만드는 연습을 했다. 말하자면 '디스크 조각 모음' 같은 것이다. 매일 반복하는 일들을 잘게 쪼개고 집 안의 사물들을 그에 맞게 최소화하는 실험을 하고 있었다. 뭉텅이로 크게 쓸 수 있는 널찍한 시간과 공간을 만드는 일이었다.

그의 아침은 구글 알렉사의 모닝콜로 시작되곤 했다. 침대 옆 작은 탁자에 놓인 조명은 눈을 뜨기 30분 전부터 서서히 밝아진다. 미리 밝아진 방이 잠에서 가볍게 깨어날 수 있도록 도와준다. 그는 일어나 커피 물을 올리고 세수를 한다. 그리고 요가 매트를 바닥에 펼쳐 간단한 아침 운동을 시작한다. 정돈된 몸과 마음으로 오늘 할 일들과 일기를 써 내려간다. 알맞은 온도로 준비된 차도 있다. 이 모든 것을 마친 시각은 아침 6시다.

그는 집에 있을 때면 대체로 바닥에 앉거나 누워서 시간을 보낸다. 집은 세 개의 공간으로 나뉘어 있는데, 스트레칭과 명상을 자주 하기 때문에 어느 방에서든 누울 수 있도록 최대한 바닥을 비워놓았다. 좁은 집이지만 어느 방향으로 누워도

발끝이 가구 안으로 들어가는 일이 없어서 움직이기 편하다. 가구들은 최대한 작고 옮기기 편한 것들로 골랐다. 가구들의 위치를 바꾸거나 이사할 때 편해야 하기 때문이다. 혼자 들어서 옮길 수 있는 크기이기도 하다. 그 집은 정밀하게 설계된 도구가 아니었을까? 정리된 매일을 보내며 원하는 것에 집중할 수 있도록 도와주는 달력 같은. 그의 집은 그의 머릿속 같다. 정갈하게 모아둔 크고 깨끗한 시간과 공간이 있다. 그는 그 속에서 걷고, 구르고, 팔짝 뛰기도 한다.

내가 만든 발명품들에 이름을 붙여주어야겠다. '캣트리스 옷장 타워.' 요즘 많이 팔릴 것 같은 스타일의 합성어로 붙였다. 분명 이전에 만든 발명품들도 여럿 있었을 텐데 이참에 떠올려본다. 지난 시절 살았던 집들의 사진을 찾아본다. 덜 잘 살기 위해 만드는 발명품이라는 것은 없을 텐데, 나는 얼마나 근면했던 걸까. 우리는 자기 인생의 발명가일지도 모른다. 없으면 만들고, 불편하면 고치고 하는 그런. 진지하고 피곤하지만 가끔씩 기발한 아이디어가 떠오르면 한없이 들뜨는, 발명가가 되길 잘했다고 말하는 그런 발명가 말이다.

욕조를 찾아서

김정민

오랜만에 집에 가서 어렸을 때 사진을 보니 욕실에서 찍은 사진이 꽤 많았다. 아직 부끄러움을 알지 못하던 시절 발가벗고 빨간 대야 안에서 누나와 거품 놀이를 하고 있는 모습이다. 빨간 대야는 우리 둘만의 수영장이었고 우리들의 바다였다. 그러다 몸이 조금 커지자 더 이상 집에 있는 욕조는 쓸 수 없었고, 더 큰 욕조로 옮겨 가야만 했다.

대중목욕탕을 어렸을 때부터 싫어했다. 타인과 함께 목욕을 하는 건 내 세상 안에선 있을 수 없는 일이다. 성인이 되어서로 알몸을 드러내며 있다니. 게다가 두 개의 성sex으로만 나눠서 말이다. 오히려 어렸을 때는 부모님을 따라 얼렁뚱땅 가기도 했으나 성인이 되고 나서 자의로 공중 목욕 시설에 간 적은 거의 없다. 아마도 가장 가까운 것이 군대에서의 샤워장이지 않았을까. 난 내 몸이 보이는 것도 싫지만 다른 성인 남성들의 몸을 보는 것도 그렇게 원하지 않았다. 대중목욕탕은 위생 공간임과 동시에, 굉장히 섹슈얼한 공간이다. 이 공간은 성인이 서로의 성 정체성도 모르는 채 같은 성별이라는 이유로 서로의 알몸을 드러내는 공간이다. 이 글을 쓰면서도 영 이상한 공간이라는 생각이 든다.

집에서 욕실은(사실은 대개 화장실은) 집 안에서 가장 사적인 공간이다. 그렇기에 알몸으로 있는 것이 가장 자연스럽고, 알몸으로 있어도 괜찮다. 화장실toilet과 욕실bathroom이 분리되어 있는 집들도 있지만, 많은 집은 이 둘이 합쳐져 있다. 가장 더럽다고 여겨지는 일과 가장 깨끗한 일이 함께 벌어지는 오묘한 공간인 셈이다.

춥지 않았던 2월 어느 날, 자아 씨의 집에 갔었다. 여러 얘기를 하던 중에 자아 씨는 농담 반 진담 반으로 사업을 하나 하고 싶다고 했다. 욕조 사업. 월풀 욕조 사업을 말하는 건가 했다. 흔히 자쿠지라고 말하는 그것 말이다. 그런데 그게 아니라 호텔의 형식을 띤 욕조 사업이었다. 아마 '욕텔'이라고 부를 수 있지 않을까? 카운터에서 키를 받고 올라가면 좌우로 방이 있고, 그중에 지정받은 방을 열면 간단한 드레스룸을 지나 욕조가 있는 방. 예약을 할 때 미리 원하는 물 온도를 요청해 놓으면 들어가서 간단하게 샤워만 하고 바로 들어갈 수 있는 곳. 욕조에 몸을 뉘고 긴장을 푸는 공간. 다른 목적성 없이 오로지 몸을 담글 수 있는 시간. 상상만 해도 노곤노곤해지는 기분이다. 1층에선 입욕제와 입욕 오일을 판매해도 좋겠다. 향도 피울 수 있으면 좋을 거 같은데 아무래도 향은 쉽게 냄새가 배니 힘들 것 같기도 하고, 아 오리 인형이나 작은 배 같은 장난감도 판다면 얼마나 좋을까 상상해 본다.

일반적으로 청년들의 전월세 집에 욕조가 있는 곳은 극히 드물다. 한번씩 집이 답답하다고 느껴질 때 인터넷으로 이런저런 집을 찾아보곤 한다. 집이 커지더라도 화장실의 크기는 언제나 비슷하다. 비슷하게 작다. 내 한 몸 누일 공간은 있지만, 내 한 몸 물에 담글 공간은 없다. 사실 욕조가 차지하는 공간은 그렇게 크지도 않은데 말이다. 드라마 「보건교사 안은영」 속 주인공이 이동식 반신욕 욕조를 사용하는 걸 보며 '나도 저 욕조를 살까' 생각한 적이 있다. 아아, 큰돈 들이지 않고 내 몸을 물속에 누이고 싶어라. 그렇지만 내가 과연 청소를 잘할 수 있을까 하는 생각과, 물이 넘치면 어떡하지 하는 걱정들 사이에서 줄타기를 하다 결국 구매하지 못했다. 난 이미 거북이처럼 온갖 가전을 이고 지고 다니는 사람이고, 등껍질 안엔 더 이상 공간이 없다는 사실도 다시 한번 깨닫게 됐다. 대신 분기별로 욕조가 있는 비즈니스 호텔을 찾아내 살고 있다. 여행 숙소를 정하거나 호캉스를 할 때 가장 중요하게 생각하는 것도 바로 욕조의 유무다.

하지만 욕조를 찾아서 이집 저집 하루씩 빌려 다니는 게 아니라, '욕텔'을 상상하는 것이 아니라, 욕조가 있는 집에 살고 싶다는 생각을 자주 한다. 그래서인지 한번은 집을 설계하며 욕실을 꽤 크게 디자인한 적이 있다. 천창도 내어서 따사로운 빛이 내리쬐도록 하고, 옆에 선베드도 둘 수 있게 하고 말이다. 내 욕망이 너무 크게 들어간 디자인이 아닌가 싶기도 했다. 내가 이 집에 산다면 욕실에서 가장 오랜 시간을 보낼 것만 같다. 매일 아침 따뜻한 물을 받아놓고 음악을 들으며 물속에 온전히 몸을 담그고 싶다. 눈앞에 보이는 게 타일이 아니라 러그가 깔린 거실이었으면 좋겠다는 생각도 한다. 그리고 그 너머로 큰 창을 통해서 바다나 숲이 보였으면. 그렇게 점점 물속으로 꼬르륵꼬르륵 하는 상상을 한다.

호텔에 살아볼까 돈이 없어도

이윤석

일상의 공간들이 질릴 때가 있다. 집에 들어왔을 때 물건들이 제자리에 놓여 있지 않으면 그 증상이 시작된다. 집을 제때 치우지 않은 내 업보임을 안다. 질림이 시작되는 순간 나는 버릴 것들을 찾기 시작한다. 원인을 찾기보다는 눈앞의 풍경에 매몰된다. 주변의 온갖 물건들이 눈에 걸린다. 스페인에서 사 온 사그라다 파밀리아의 첨탑 모형도, 아끼던 사인본 CD도 부질없게 느껴진다. 내가 이 물건들을 가지고 있을 필요가 있을까 싶어서 모조리 팔아버린 적도 있다. 항상 마음에 들지 않았던 벽지 한구석이나, 얼룩덜룩해진 화장실 타일, 정리하다 만 책상 아래 전선들이 나에게 시비를 건다. 내가 남긴 흔적들에 대한 피로감이 생긴다. 새삼 이렇게 극성스러운 나와 함께 살아주는 반려인이 참 고맙다.

그 흔적들에서 벗어나고 싶을 때 호텔에 간다. 신라스테이 같은 비즈니스호텔을 주로 선택하는 편이다. 출장차 도심에 방문한 직장인들을 주요 고객으로 삼는 호텔인데, 부대시설을 최소화하고 객실 위주로 운영해 부산스러움이 없고 가격도 저렴하기 때문이다. 나는 그 건조하고 가벼운 느낌이 좋다. 어떤 존재의 흔적도 느낄 수 없는 공간의 익명성이 상쾌하다. 체크인 후 방에 들어갔을 때 보이는 풍경은 마치 태초부터 그 자리에 있었던 것 같다. 조용하며 장식이 없고 어둡다. 인테리어와 가구들은 누구의 취향도 거스르지 않는다. 공간에 비치된 물건들은 최대한 눈에 띄고 싶지 않아 하는 것처럼 무난하면서도 못생긴 것이 없다. 작은 구석까지 나로 가득 찬 우리 집과는 너무나 다르다. 우리 집의 모든 물건은 자기를 봐달라고 소리친다. 이 컵에 추억 한 점, 저 열쇠고리에 흔적 두 점이 달렸다.

최근에 호텔 객실 중 일부는 분양 목적으로 설계된다는 사실을 알게 되었다. 호텔에 살면 어떤 느낌일까 궁금하다. 호텔을 분양받거나 가사도우미를 고용할 수 있는 경제력을 떠나서, 항상성이 유지되는 공간에 산다는 감각은 어떤 것일까. 내가 만든 흔적들이 사라져 있겠지. 침구는 항상 정돈되어 있고,

화장실 세면대는 물기 없이 바짝 말라 있는 삶. 샴푸와 바디워시는 매일 사용하지만 용량이 줄어들지 않는다. 분명 누군가 들어와서 치워준 느낌은 있지만, 어린 시절 부모가 대신 정리해 주던 우악스러운 방식과는 다르게 상냥함이 느껴진다. 묻지도 따지지도 않고 섬세하게 나의 엉망을 돌봐준다. 내가 놓아둔 중요한 물건들이 분명 옮겨졌다는 느낌이 들지만, 원래 그 자리에 있었던 것처럼 그 배경만 말끔해진다. 내 마음을 거스르지 않으면서 모든 것이 정돈되는 마법이 매일 벌어진다. 24시간마다 혹은 원한다면 언제든 리셋된다. 얼마나 홀가분할까. 왠지 더 적극적으로 공간을 소비하게 된다. 괜히 책상에 앉아 글을 끄적여 본다거나, 테라스에 나가 커피를 마시고, 욕조에 누워 입욕제를 즐긴다. 호텔에서 부랴부랴 체크아웃을 할 때마다 이런 상상을 한다. 그리고 우리 집은 호텔이 아니었음을 저주하며 나의 흔적이 가득 찬 집으로 향한다.

너무 무겁지도 그렇다고 너무 가볍지도 않게 적당히 이동하면서 사는 방법은 없을까? 호텔보다는 길게, 월세나 전세 계약보다는 짧게 머물며 일관되게 이동하는 삶을 상상해 본다. 거주한다고 표현하기에는 짧고, 여행이라고 하기에는 길었으면 좋겠다. 내 집이라고 하기에는 낯설어 긴장감이 있고, 잠시 왔다가 떠나는 곳이라 하기에는 동네에 자주 가는 카페가 생기는 정도로, 나의 흔적들에 무게가 생기기 전에 새로운 공간으로 이동하는 것이다.

사는 모양이 이만큼 가벼워질 수 있다면 사는 모양을 만드는 요소들 역시 변화할 것이다. 가장 큰 변화는 집을 구하는 데 필요한 목돈의 무게가 가벼워지는 데서부터 시작된다. 보증금의 무게가 줄어든 만큼 집을 계약할 때 필요한 과정들이 간단해진다. 은행과 임대인, 임차인들이 벌이는 스릴 넘치는 대출금과 보증금 이체 소동이 조금은 느슨해질 것이다. 가진 자산의 대부분을 보증금에 쓰지 않아도 되니 그 돈으로 다른 일을 벌이는 사람들이 많아질 것이다.

서비스 역시 더 세분화될 것 같다. 자주 이동하는 사람들은 살림도 가볍게 유지하는 게 편할 테니, 생활에 필요한 가전제품 등을 다양한 구성으로 묶어 대여해 주는 서비스가 생길 것이다. 임차인과 임대인을 연결하는 새로운 방식의 플랫폼이라든지, 임시로 짐을 보관하는 서비스가 더 대중화되지 않을까?

인테리어 공사를 하는 방식도 변화할 것 같다. 기존의 인테리어는 재료를 공간에 반영구적으로 고정하는 방식이었다면, 미래에는 벽면을 감싸는 자재나 문짝, 파티션월 같은 요소들이 재사용이나 이동이 가능한 방식으로 개발될 것이다.

주거 공간의 유형도 더 다양해질 것이다. 집이 마음에 들지 않으면 쉽게 옮길 수 있기 때문에 사람들은 좀 더 대담한 선택을 하게 될 것이다. 그런 다양한 주거 공간의 경험치를 가진 사람들이 많아지면 시장이 세분화될 터이기 때문이다.

내가 몇 년 전에 포기했던 집이 그랬다. 동거인과 처음으로 함께 살 집을 찾던 그때, 우연히 개인 정원으로 쓸 수 있는 마당이 딸린 집을 보게 되었다. 지하철역에서 도보로 25분 거리라는 어마어마한 단점을 가지고 있었음에도, 이 집에 사는 건 어떨지 진지하게 고민했었다. 마당 있는 집에 살아보는 것이 꿈이었기 때문이다. 만약 그 집을 몇 달 정도만 계약할 수 있는 선택이 가능했더라면, 짧게나마 공유 자동차를 임대해서라도 살아보았을 것이다. 일주일에 외출은 몇 번 하는지, 번갈아 차를 타고 출근하면서 한 명을 지하철에 내려주는 게 실제로 가능할지, 아니면 스쿠터를 하나 사야 할지 여러 삶의 방식들을 시도해 보는 식으로. 지하철역에서 멀리 떨어진 집에 사는 삶을 구성해 보는 것이다.

배준영 씨는 몇 년 전 결혼했다. 성원 씨와 함께 삼전동의 월셋집에 살고 있다. 결혼을 결심했을 무렵, 두 사람은 집이 결혼의 전제가 되는 상황에 답답함을 느끼고 있었다. 결혼하는 데 있어 집이라는 요소가 자신들을 대신해 많은 것을 결정하기 때문이었다. 그들은 무리해서 집을 사기보다는 월세로 집을 구하는 것이 오히려 훨씬 안정적인 선택이었다고 말했다. 보증금이 크지 않아 둘이 모으기에 무리가 없는 금액이었고, 은행과 씨름하거나 보증금 사기에 휘말릴 위험도 적어서 만족스럽다고 했다. 답이 하나만 있다고 생각하지 않는다는 말이 기억에 남는다. 남들이 계속 어려운 이야기만 할 때, 우리 부부는 좀 더 재미를 찾아가는 방법이 있는 것 같다며 자신들의 꽤 괜찮은 삶을 자랑해 주었다. 어릴 때는 제주도에서 살았다는 얘기와 함께, 준영 씨는 바람 부는 날씨처럼 가볍게 살고 싶다고 했다. 월세를 괜히 미워할 필요도 없다는 말도 했다.

치기 어린 고민일까? 조금 다른 삶에 관한 이야기들은 매번 탁자 위에서 밀려나 바닥으로 떨어진다. 모두가 정착하기 위해 안간힘을 쓰는 시대이다. 요즘의 세상은 확실한 게 없다 보니 오래 누울 자리가 필요한 걸까. 정착이 주는 안정감에 대한 믿음이 도시를 무겁게 짓누르고, 그 무게는 부동산이라는 이름에 가치를 더한다. 움직이지 않는 재산에 자기 몸을 정박하려는 사람들은 스스로 이고 가기에는 너무 무거운 닻을 진다. 이 이상하리만치 강력한 정착의 메시지는 어디에서 오는 것일까. 우리는 이 도시 괴담 같은 부동산 전설을 지켜내기 위해 서로의 증인이 되어주고 있는 것 같다. 어쩌면 내 흔적의 무게가 이토록 거북하게 느껴졌던 이유는 내가 기꺼이 이고 진

것들에 깔려 움직이게 될 수 없을지도 모른다는 불안감 때문이 아니었을까. 다양한 선택지가 있었으면 좋겠다. 안정에 대한 저마다 다른 기준을 이야기할 수 있었으면 한다. 매달려서 떨어지지 않는 것 말고 부유하면서 자유롭고 싶다.

4장

우리를 담을 집

혼자는 아니지만 둘도 아닌

김정민

결혼을 하건 하지 않건 다른 사람과 같이 산다는 건 굉장히 복잡하고 중대한 일이다. 나는 여러 명이서 함께 살아본 적도 있고 친구와 단둘이 산 적도 있다. 지금은 결국 혼자 살고 있지만 자세히 살펴보면 1인은 아닌 0.5인 정도를 더한 1.5인 집에 사는 느낌으로 살고 있다.

학생 땐 무려 다섯 명이서 쓰리룸에 산 적이 있다. 그곳은 사감 없는 기숙사에 가까웠다. 방 두 개는 작업용으로 쓰고 한 방에 모두가 모여서 잠을 자는 식으로 생활했다. 사감 선생님이 없으니 살림 관리의 필요성을 각자 자각해야 했는데, 결국에는 '못 참는' 사람이 도맡아서 하게 되었다. 동거 생활은 당연히 상당한 실패를 안겨주며 끝났다.

그다음엔 동거인의 수를 대폭 줄여 두 명이서 살았다. 각자의 방이 따로 있고 작은 거실과 주방을 공유했다. 하지만 아무리 자기 공간이 있어도 공용 공간에 대한 규칙이 명확히 서 있질 않으니 갈등이 점점 커져만 갔다. 세탁기를 돌려둔 채로 볼일을 보러 나가는 바람에 다른 사람이 세탁을 못 한다거나, 둘 중 하나가 밥을 먹고 설거지를 바로 하지 않는다거나, 이런 저런 일들이 쌓이고 쌓이다 보니 나중에 가선 문밖에서 동거인의 발소리만 들려도 괜히 짜증이 나곤 했었다.

그러니 나에게 혼자서 산다는 건 '드디어'라는 말이 절로 나오는 사건이었다. 드디어, 혼자 살게 되었다. 내 맘대로 집을 온통 다 꾸밀 수 있고, 오롯이 내 선택들로 집을 만들어갈 수 있겠구나 싶었다. 그러나 역시 세상은 그렇게 녹록지 않은 법. 혼자 사는 건 영 가성비가 좋지 않은 일이었다. 같은 집에 둘이 살면 전기, 가스, 수도, 관리비를 절반으로 나눌 수 있지만 혼자 살게 되니 그걸 당장 혼자서 감당해야 했다. 식재료를 살 때도 2인분 이상을 마련하는 것보다 1인분씩 구매하는 것이 금액적으로 훨씬 손해였다. 그러나 가성비가 어쨌건 '지금은' 드디어 혼자 살고 있다.

양평동에 사는 테오의 집은 1인의 집도 2인의 집도 아닌

1.5인의 집이다. 어느 날 테오는 다른 친구에게 "우리 나이대는 앞으로 계속 외로워지는 것에 대한 긴 연습을 해야 하는 시기"라는 말을 듣고는, '이제는 1.5인 가구가 되는 연습을 해야겠다'는 생각이 들었다고 한다. 1.5인 가구라…. 일단은 혼자 살고 있긴 한데 가끔은 혼자가 아닐 때도 있으니까 0.5가 더해지는 걸까? 그래서인지 모든 가재도구는 최소 2인용이다. 식기류는 물론이고 식탁도 두 명쯤은 충분히 같이 쓸 수 있을 것 같다. 소파도 둘이 앉으면 딱 좋은 사이즈, 침대는 더블 이상, 침대 옆 휴대폰 충전기도 양쪽에 하나씩, 조명도 양쪽에 하나씩 두었다. 둘이 사는 듯 혼자 사는 듯한 곳이었다.

어느 날, 혼자 설치하기 힘든 조립식 가구를 산 테오는 당근마켓 앱으로 도움을 요청하는 글을 올렸다. 가구 조립에 한 시간 정도 걸릴 줄 알았지만 세 시간이 걸리는 바람에 원래 약속했던 금액보다 더 얹어 주었다고 한다. 앱으로 중고 물건을 되팔고 사는 것 외에 이런 도움도 청할 수 있는 줄은 몰랐다. 이것도 혼자는 아니지만 둘도 아니게 사는 방법의 하나일까. 집에 약간의 여지와 여유를 두어 다른 사람이 올 자리를 만들어두는 것. 그렇지만 다른 사람이 없어도 1인으로 온전하게 살아갈 수 있는 곳으로 만드는 것. 그래서 나도 1.5인의 공간을 만들어가고 있다.

혼자 살다가 둘이 살게 될 수도 있다. 오랜 계획으로 이루어진 결합이라면 다행이겠지만, 가끔은 충동적으로 또는 임시로 누군가와 같이 살게 될 때도 있지 않은가. 타인과 같이 산다는 건, 나의 경계 안으로 다른 사람을 들이는 중대한 거사다. 경계 안으로 들어온 사람이 나와 잘 맞으면 좋겠지만 아닐 땐 절망 그 자체가 된다. 이럴 때 당신이 그동안 1.5인의 삶을 살고 있었다면 조금 더 수월하게 견딜 수 있을 테다. 반대로 둘이 살다가 갑자기 혼자가 되는 경우도 있다. 두 명일 때의 삶은 언제나 행복하기만 한 것도, 늘 행복하지 않은 것도 아니다. 그래서 누구나 외로울 수 있고 또 언제나 외로워질 준비를 해야 한다.

흔히 쓰는 단어지만 현실에서는 좀처럼 쓰이지 않는 '이웃사촌'이 필요하다는 생각을 한다. 큰 가구를 조립할 때, 갑자기 나타난 벌레를 잡기 무서울 때, 장시간 집을 비워 식물을 돌봐줘야 할 때, 집 앞에 쌓이는 택배를 잠시 숨겨둘 때…. 학교를 졸업하니 새로운 사람들을 만나는 게 쉽지만은 않다. 동호회라도 들어볼까 생각하니 왠지 연애를 목적으로 나오는 사람이 많을 것 같다는 생각(편견)에 쉽사리 마음이 열리지 않는다. 손원평의 소설 『프리즘』에 나오는 '잠 못 드는 사람들' 단체 채팅방에 들어갈까 생각해 보기도 했지만 아직은 실천하지 못

했다. '용산구 원효로 혼자 사는 사람들'이라는 단체 채팅방이라…. 누가 봐도 수상해 보이려나?

요즘은 메타버스나 NFT 같은 것들이 사람들을 가상세계로 이끈다. 하지만 우리는 그것들이 다 예전의 '세이클럽'이나 '큐플레이'와 크게 다르지 않다는 걸 알고 있다. 가상세계에서의 만남이 육체의 만남을 완벽히 대체해 주는 것은 아니니다. 다만 그 안에서 할 수 있는 새로운 경험을 할 뿐이다. 제3의 손이 생겨서 서로를 만지는 것처럼 말이다. 그러니 결국에는 실제적인 거리가 가까운 사람들과의 만남이 필요하다. 지역 기반의 공동체가 중요하다는 사실은 역사적으로도 증명되었다. 1995년 시카고 폭염에서의 사망자 지형도는 인종차별이나 불평등 지형도와도 대부분 일치하지만, 공동체 네트워크가 무너져 고립된 채 방치된 사람이 많은 지역일수록 피해가 컸다고 한다. 도를 넘지 않는다면 적당한 오지랖은 어느 정도 필요한 것일지 모른다.

어느 날, 1인 가구끼리의 사회적 관계망을 구축하는 지원 사업을 주민자치센터에서 하고 있다며 친구에게서 연락이 왔다. 같은 행정구역에 거주하는 사람들끼리 모여서 공모 신청을 하면 지원을 해준다고 해서, 전에 상수 근처에 살다가 용산구로 건너온 친구들끼리 모여 급하게 모임을 하나 만들었다. 이름은 '앙산불'. 앙큼한 용산구 불여우들이다. 우리는 '1인 가구가 살아남는 법'을 주제로 8회차의 모임 계획을 세웠다. 살아남는 법이라 해봐야 골자는, 함께 협력해서 서로가 가진 지혜를 나누고 금전을 나누는 일종의 협동조합이다. 우리는 모여서 같이 장을 보고 김장도 할 것이다. 그리고 같이 뜨개질을 하고 또 식물을 서로 돌봐줄 것이다. 언젠가는 진짜 협동조합을 만들 수도 있겠다는 생각도 한다. '앙산불협동조합'이라는 이름으로. 어쩐지 대안가족 같은 느낌도 있다. 같이 살진 않지만 말이다. 혼자 살더라도 계속해서 동네에 존재하는 모임들을 만들어나가고 싶다. 그것을 위해서라도 1.5인 집이 유용할 것이다.

"우리 같이 살진 말자. 같은 건물에서 같이 살거나 옆 건물에서 같이 살자."

친구들과 술 한잔 마시면서 막연한 꿈처럼 떠들던 이런 이야기를 언젠가는 실현할 수 있지 않을까 기대해 본다.

어차피로 만든 세상

이윤석

살면서 처음으로 이용해 본 공유 서비스는 고등학생 때 써본 '공공 자전거'였다. 대전의 공공 자전거 이름은 '타슈'였다. '슈'로 끝나는 충청도 사투리의 어미가 되직한 느낌을 풍기면서도 '타'라는 글자와 만나 왠지 서구의 고유명사 같은 발음이 나서 마음에 들었다. 10년도 더 지난 지금은 서울의 공공 자전거 '따릉이'를 사용하고 있다. 서비스가 여러 방면에서 발전해 이전과 비교할 수 없을 정도로 쉽고 빠르게 자전거를 빌릴 수 있다. 운전을 할 수 있게 된 후로는 공유 자동차 서비스도 자주 이용했다. 매일 차를 사용할 필요는 없지만 여기저기 다니기 좋아하는 나는 일주일에 한 번쯤은 꼭 차를 빌렸다.

공유 자동차의 편의성에 완전히 공감했고, 개인이 소유하는 자동차가 사라지는 미래가 올 것이라고 생각했다. 매일 다른 차를 타볼 수 있다는 것도 재미있었는데, 이용권을 구독하면 한 달에 차를 두세 번만 빌려도 금액적으로 이득이었다. 이용하는 사람이 비교적 적은 시간대에는 5천 원으로 차를 열두 시간 동안 빌릴 수 있는 등의 이벤트도 있어 그 시간대에 맞춰 짧은 여행을 다녀오기도 했다.

이것들은 모두 제 기능을 충실하게 수행해 주는 고마운 서비스들이었다. 다만 시간이 지날수록 자연스럽게 경험하게 되는 아주 작고 미묘한 불편함이 있었다. 매번 자전거의 안장 높이를 조절하기 위해 몸을 숙일 때 진땀이 났고, 살짝 바람이 빠져 있는 타이어 때문에 언덕을 오를 때면 평소보다 배는 더 힘들었다. 차를 빌린 후 처음 문을 열 때면 낯선 냄새가 날까 봐 긴장해야 했고, 지정된 주차 위치에 차를 반납하고 나서 트렁크 속 짐을 들고 집으로 걸어올 때면 그 길이 그렇게 멀게 느껴질 수 없었다. 이 불편함은 근본적으로 공유라는 개념과 맞닿아 있을 수밖에 없다고 생각해서 그러려니 여겼다. 함께 쓰는 것이고 내 것이 아님을 고려하면 이 정도도 훌륭하다고 생각했다.

하지만 내 자전거와 내 차가 생긴 이후로는 생각이 완전히 달라졌다. 그저 작고 미묘하다고 생각했던 한 끗 차이의 불편함이 자기 소유의 무언가를 사는 이유의 전부일 수도 있겠구나 싶었다. 차 문을 열면 좋은 향기가 나고, 집 주차장에 차를 댄 후 트렁크 속 물건을 들고 엘리베이터를 통해 집에 도착하는 삶은 이제 포기하기 힘든 것이 되었다. 그래서 어느 순간부터 무언가를 공유하면 손해 보는 느낌마저 들었다. 각자 한 개씩 가질 수 없으니 나누어 쓰라는 말처럼 들렸다. 경제는 어렵고 환경 문제도 심각해지니 이제 와서 자원을 아껴 쓰라고 하는 것 같아 심통이 났다.

그런데 이제는 집도 공유하자고 한다. 시장에 등장하고 있는 공유 주거 브랜드들은 도심 중앙에 위치한 시설과 커뮤니티의 힘을 필두로 새로운 공유 주거 모델을 가열차게 광고하는 중이다. 개인 공간은 여전히 최소 규모인 데다가 가격도 비싸지만, 큼지막하고 편리해 보이는 공용 공간들과 세련된 인테리어를 보니 어쩐지 새롭고 좋은 제안처럼 보이기도 한다. 하지만 나는 이런 새로운 제안에도 의심만 생긴다. 주거를 공유한다는 게 얼마나 끔찍한 일이었는지 내 몸이 기억하고 있기 때문이다.

학창 시절 만난 룸메이트들과는 사이가 좋았던 적이 없다. 나는 지금까지 주거 공간을 공유했던 모든 사람과 싸우고 말았다. 매 학기 등장인물만 달라질 뿐 줄거리는 같았다. 새로운 학기가 시작되어 기숙사를 배정받아 새 룸메이트를 만나거나, 서블렛(sublet, 기존 임대 계약자가 제3자에게 다시 공간을 임대하는 것)을 구해 아는 사람 혹은 아는 사람의 아는 사람 집으로 이사를 간다. 처음에는 만나서 반갑다며 인사를 나누고 밥도 한두 번 같이 먹으며 우애를 다진다. 이번에는 반드시 좋은 관계를 만들어 시트콤에서 자주 보던 즐겁고 우스꽝스러운 대학 룸메이트들과의 에피소드를 만들고자 다짐한다.

그러나 학기가 계속될수록 하루하루 바빠지고 룸메이트와의 만남은 뜸해진다. 바쁜 일상 때문에 미처 치우지 못한 쓰레기가 생기고, 쓰레기 버리는 날을 놓치고, 청소기 돌리는 날을 뛰어넘는다. 조금 더러워졌을 때 바로잡았다면 좋았겠지만 흐트러지는 속도는 정리하는 속도보다 빠르다. 미묘한 신경전이 시작된다. 집에 들어와 서로의 방에서 인기척을 확인할 때마다 서로의 책임에 관한 문제를 제기할 것인지 무시하고 넘어갈지 고민한다. 고민하는 순간에도 거실, 복도, 주방, 화장실처럼 함께 관리하는 공간은 매일 더 빠른 속도로 황폐해진다. 깨진 유리를 방치하면 그곳을 중심으로 범죄가 확산된다는 그 이론은 딱 이 상황을 두고 하는 말 같았다.

대학 시절의 나는 지금만큼 주거 공간에 관심이 있었던

것은 아니었다. 공간을 가꾸는 일에 크게 열정적이지도 않았다. 어차피 짧게는 6개월, 길게는 1년 남짓 살 집이었기 때문에 내 방만 깨끗하다면 집 현관에서부터 내 방까지 겅중거리며 세 걸음에 들어오는 걸 연습하면 그만이었다. 동거인들과 시간을 내서 집을 깨끗하게 유지하기 위한 회의를 하고, 규칙을 만들고, 그에 대한 책임을 지는 일은 하고 싶지 않았다.

카펫에 먼지와 과자 부스러기가 알알이 박혀 있어도, 벽 귀퉁이에 거미들이 집을 짓고 있어도 눈을 질끈 감았다. 문이 닫히는 순간 복도는 나와 상관없는 공간이기 때문이었다. 시트콤같이 즐거운 일상을 사는 데에는 실패했다. 나는 원래 누군가와 함께 사는 데에 소질이 없는 사람이라고 생각하게 되었다. 이런 나에게 공유주거라는 개념이 가능해 보일 리 없었다. 나의 식탁과 작업실과 거실을 수십 명의 사람들과 공유한다고 생각하니 미친 짓이라고 느껴졌다.

그러던 어느 날 방문한 월곡동 예찬 씨와 유진 씨의 집에서 신기한 광경을 목격하게 되었다. 룸메이트라는 개념이 실제로 작동하고 있는, 그것도 아주 균형 있는 모습으로 작동하는 풍경이었다. 월곡동의 방 두 개짜리 다세대주택에서 사는 그들은 나의 방문을 환영하며 거실에서부터 자랑스럽게 집을 소개해 주었다. 서로가 가진 최고의 물건들을 올려두었다는 거실 선반에는 백자 항아리, 미러볼, 크리스마스 전구, 다기 세트처럼 서로 만날 일 없을 것 같은 물건들이 함께 올려져 있었다. 숲 사진이 크게 인화된 거실의 커튼은 선명한 녹색과 푸른색을 뿜어내는 한편, 직접 만드느라 고생했다는 널찍한 식탁은 나무와 철재의 무게감으로 묵직하게 공간을 채우고 있었다. 두 사람이 각자 한 쪽씩 차지하고 생활한다는 두 개의 방은 항아리와 미러볼만큼이나 대비되는 모습이다. 그들은 좋아하는 것이 전혀 달라 보였지만, 서로의 취향을 존중하며 적당한 간격을 유지하면서도 공간을 함께 가꾸며 서로의 삶을 공유하는 관계가 된 것처럼 보였다. 서로 다른 두 명이 사는 공간에도 그럴싸하고 아름다운 거실이 있었다. 이 평범한 모습이 나에게는 신기하게 느껴졌다.

예찬 씨와 유진 씨는 대학 동창이다. 같은 대학교를 나왔지만 서로 어렴풋이만 아는 상태에서 한집에 살게 된 사이라고 했다. 두 명이 함께 집을 구하면 비슷한 돈으로 더 넓은 공간에서 살 수 있겠다는 생각을 공유하고 있었고, 우연한 기회로 만나 함께 집을 구했다. 언뜻 보면 평범한 룸메이트들의 이야기 같다. 20대 시절을 떠올려 보면 주변 친구 중 꼭 몇 명은 룸메이트와 함께 살거나 여러 명이 한집을 구해 살곤 했다. "개가 있지, 샤워하고 나서 선풍기에 알몸인 상태로 몸을 말리는 거야"라는 등, 자기 룸메이트가 어젯밤 얼마나 극악무도한 짓을 벌였는지에 대한 이야기도 쉽게 전해 들을 수 있었다. 하지만 더 이상 내 주변에는 남과 함께 사는 사람이 없다. 학생도 아니고 커플도 아니며 그렇다고 결혼할 사이도 아닌 두 성인이 함께 사는 경우는 찾기 힘들다. '관련 없는' 사람끼리 함께 산다는 이야기가 어색하게 느껴진다.

공유를 상상하기 힘든 도시에 살고 있기 때문이 아닐까. 공유는 왠지 손해 보는 느낌이고, 도시는 조금의 손해도 보지 않겠다는 결연한 의지로 만들어져 있으니까. 너와 나의 것이 명확하게 구분된 담장, 건폐율과 용적률을 꽉꽉 채워 올린 뚱뚱한 건물들, 잠시 앉아서 머물 곳도 없는 보행 환경이 그렇다. 이 도시에서 살아가는 사람들은 물리적으로 구현된 '각자도생'의 프로파간다를 피부 깊숙이 내재화한다.

나 혼자 살아가기에 힘든 세상이니 남과 함께 사는 것이 대안이지 않겠냐는 논리는 한국 사회의 가족주의적 문화 안에서는 보편화되기 어렵다. 한평생 가장 많은 재화를 나누어 쓰는 경험은 아마 혈연과의 나눔일 텐데, 그것에 공유라는 표현을 붙이지 않는 이유가 여기에 있다. 공유라는 개념은 '남'과의 관계에서만 성립하고, 지금의 한국은 함께 사는 방법을 잊어버린 지 오래되었기 때문이다.

저마다의 방이 모여 만들어진 도시는 아무도 책임지고 싶어 하지 않았던 학창 시절 내 방 앞의 복도 같다. 거리는 방들이 뱉어낸 책임들로 가득하고, 그 유기된 책임들이 모여 도시가 된다. 남은 공사비 안에서 고른 화강석 외장재, 전선을 이고 진 채 위태롭게 기운 전신주, 산란기에 접어든 물고기처럼 필로티 속에 자동차를 가득 품은 다세대주택들이 그렇다. 전봇대 아래 쌓인 쓰레기 더미, 몸통을 휘적이며 가게를 홍보하는 입간판, 전국 팔도에 똑같이 깔린 보도블록의 색깔과 패턴들도 그렇다. 도시의 거리는 보행자의 시각적 안위에는 관심이 없다. 한때는 이런 거리의 모습을 보는 게 너무 싫어서 겨울을 가장 좋아했던 때도 있었다. 안경에 김이 서리면 어쩔 수 없이 마주치게 되는 '어차피의 풍경들'을 편히 외면할 수 있었기 때문이다. 내가 사는 이 도시는 실패한 공유의 경험들로 만들어져 있다. 그리고 공유를 상상해 본 적 없는 사람들이 또다시 도시를 만든다.

"저희가 집을 계약하고 이사하기 전에, 이사 준비도 하고 점검도 하려고 새집에 방문했던 날이었어요. 그 당시 전에 살던 세입자분은 이미 이사를 나간 상태였는데 주방에 메모지 한 장이 놓여 있는 거예요. 손수 그린 지도에 이 근처 편의시설이라든지 맛집, 카페 같은 게 표시되어 있었어요. 이 집과 동네에 사는 동안 좋은 일이 많았는데 우리도 그랬으면 좋겠다고 하는 따뜻한 말과 함께요. 집이 정말 깨끗해서 입주 청소도 필요 없었던 것도 기억나요. 우리 다음으로 여기에 살 사람들한테도 저희가 그때 느꼈던 기분을 선사하고 싶어요. 일단은 집을 깨끗이 쓰려고 노력하고 있어요. 입주 청소 비용만 아껴도 얼마나 기분 좋은데요."

예찬 씨와 유진 씨의 집을 떠나며 전해 들은 이야기다. 다음에 올 세입자에게 깨끗한 집을 전달하고 싶다는 두 사람의 말은 충격적이었다. 나에게 이사는 가진 집이 없어 이동할 수밖에 없는 재해와도 같았기 때문이다. 도망가듯, 쫓기듯, 탈출하는 책임 전가의 공작일 뿐이었다. 두 개의 이민 가방을 들고 이집 저집 옮겨 다니던 내 학창 시절의 이사에서도, 직장생활을 하며 경험했던 몇 번의 이사에서도 생각해 본 적 없었다. 그저 내가 찢어먹은 벽지 한 조각, 끝내 지울 수 없었던 몇 점의 얼룩들을 들키지 않기 위해 눈치 싸움만 했다. 물론 이 두 사람이 들려준 이야기에서도 어떠한 해답을 찾을 순 없을 것이다. 다만 내가 유기한 책임들은 어떤 복도에서 뒹굴고 있을까 생각해 본다. 나 역시 '어차피'라는 마법의 단어를 너무 많이 사용해 버린 건 아니었을까.

네 다리 쭉 펴고

김정민

집을 다른 사람과 공유한다는 것은 내게 꽤 힘든 일이다. 아마도 대학 시절 크지 않은 집에서 다섯 명이 함께 살았던 기억 때문에 그럴지도 모르겠다. 공유라는 건 대체로 좋다고 생각한다. 이 좁은 도시 속에서 공존하기 위해서 자원을 함께 쓴다는 건 우리뿐만 아니라 지구에게도 좋으니까. 그렇지만 다른 사람과 집을 공유하는 건 결코 쉬운 일이 아니다. 그래서 나는 집을 공유하며 사는 다른 사람들의 이야기를 듣고 공유와 공존에 대한 힌트를 얻기로 했다.

먼저 같이 살 집을 구하는 것부터 쉽지 않아 보인다. 혼자 사는 집도 이것저것 따져야 할 조건들이 많은데 둘이라면 그 일이 두 배가 될 테니. 그런데 이런 걱정을 단번에 무색하게 만들어버린 말을 들었다.

"우리 둘이 누워보자. 거실 합격. 침실은 당연히 합격. 옷방에도 둘이 누울 수 있을까? 조금 힘들지만 어쨌든 누울 수 있으니까 합격. 이 집이면 어디서든 둘이 누울 수 있어."

망원동에 사는 다람과 물범이 집을 구하면서 했던 말이다. 방의 크기를 가늠할 때 둘이 누울 수 있는 면적으로 계산하는 것만큼 로맨틱하고 실용적인 방법이 또 있을까? 집 어디서든 두 명이 네 다리를 쫙 펴고 산다는 것이 쉬워 보이면서도 쉬운 일만은 아니지만 말이다.

생각보다 간단하고 로맨틱한 방법으로 집을 구해 이제 한 집에 두 사람이 살게 됐다. 사실 이제부터 본 게임이 시작됐다고 할 수 있다. 서로의 라이프 스타일을 어떻게 맞춰갈 것인가 하는 문제다.

예찬과 유진은 성북구에서 함께 산다. 이들은 대학교 친구인데, 학교를 졸업하고 나서도 계속 같이 살고 있다는 게 너무나도 신기하게 느껴졌다. 학교를 다닐 때는 생활 패턴이 비슷할 테니 같이 사는 데 불편함이 적겠지만, 졸업한 후에는 각자 생활 환경이 달라지는 만큼 아무래도 부딪치는 점이 많지 않을까 생각했다. 그런데 생활 패턴이 달라지니 오히려 집에 혼자 있는 시간이 늘어나면서 함께 사는 생활을 지속할 수 있게 되었다고 한다.

윤석은 내가 아는 주변 사람들 중에 가장 철저한 사람이다. 물건 하나를 살 때도 다른 제품에 비해 어떤 점이 더 나은지 세밀히 따져가며 고르는 사람이다. 그 옆에 있으면 '내가 너무 대충 생각하나' 하는 생각까지 들 정도다. 그런데 이 철저한 사람이 한 번씩 풀어질 때가 있는데, 바로 그의 동거인과 함께 있을 때다. 이들이 같이 사는 방법 중 로맨틱하면서 실용적인 방법이 하나 있는데, 출퇴근 시간이 서로 다른 둘이 냉장고에 쪽지를 붙여 소통하는 일이다. 그 쪽지를 직접 보진 못했지만 이런 내용이 있지 않을까? "아침을 2인분을 했어, 식탁에 있으니까 먹고 출근해"라든가 "욕실에 치약 다 썼더라, 새로 사야 할 듯?" 같은 이야기들. 혼자서 이런저런 상상을 하고 있으니 왠지 음침하게 보일 것 같아 여기까지만 해야겠다.

삼전동에 사는 준영과 성원은 부부지만 친구처럼 지낸다. 성원은 어떤 환경에나 적응을 잘하는 편이고, 준영은 바람과 같은 사람이라고 본인들을 설명한다. 준영은 바람처럼 언제나 흐르고 있고, 또 어디로 불지도 잘 모르겠다. 성원은 이런 바람과 같은 삶에 몸을 맡긴 구름처럼 적응하며 살고 있다. 바람 같은 준영은 전세보단 월세가 더 잘 맞는 사람이고, 성원은 그런 준영에게 맞출 수 있는 사람이다. 그렇기에 이들은 지금은 월세로 살고 있지만, 앞으로는 또 어떤 새로운 방식으로 살아갈지 모른다. 바람이 어디로 불지는 아무도 모르는 것처럼.

두 다리를 쭉 펴고 사는 사람들이 다 각각 다르게 누워 있는 것처럼, 네 다리를 쭉 펴고 사는 사람들도 제각각 다른 삶을 살고 있다. 집의 크기를 가늠하는 과정부터, 구성원의 변화, 또 집의 위치나 전월세를 결정하는 방법, 그리고 같이 사는 둘이 집을 어떻게 나눠 쓰는지까지. 두 사람의 크고 작은 고민들의 결과로 만들어진다.

혼자가 아니라 둘이 함께 살아가는 모습은 꼭 부부가 아니더라도 여러 가지 형태로 존재한다. 그런데 이렇게 다양한 형태만큼, 둘이 사는 집과 제도도 다양한 형태를 갖고 있나 하는 궁금증이 생긴다.

살아가는 데에 어떤 규약이 있다고 생각하는 사람들이 있다. 으레 그렇지 않은가. 서른이면 결혼 적령기고 결혼을 하면 너무 늦기 전에 아이를 낳아야 한다는 말들. 이젠 이런 말이 별로라고 말하는 것조차 지겨워질 정도다. 꼭 피를 나누고 결혼을 해야만 가족이 된다는 것은 구시대적인 발상이다. 우리는 우리의 가족을 만들어갈 수 있다. 이렇게 새롭게 만든 가족이 '가족의 범주'에 들어가기 위해서는 제도도 바탕이 되어야 하고, 함께 살 집도 뒷받침되어야 한다. 이는 감정에 호소하는 단순한 인정 투쟁도 아니고, 공적인 혜택을 바라기 때문만도 아니다. 삶의 형태가 달라졌으니 당연히 그에 맞추어 제도가 생겨나야 하는 것이다.

세상이 큰 파이로 만들어져서 그중에 내가 먹을 파이를 누가 먹진 않을까 경계하면서 사는 것이 아니라, 이 파이를 어떻게 나눠 먹을까 하면서 사는 것이 맞지 않을까. 그리고 또 어쩌면 누구에겐 파이가 아니라 케이크가 더 좋을 수도 있으니 말이다.

벽돌로 쌓은 집과 지푸라기로 엮은 집

김정민

A와 B. 두 사람이 같이 살 집을 고르고 있다.

A는 단독주택에서 살아왔고 단독주택에 살고 싶어 한다. A가 살고 있는 집에 가는 길은 양옆에 이런저런 높이의 담장이 있고 그 안에는 집이 한 채씩 있다. 어떤 집은 저녁 준비를 하는지 음식 냄새가 나고, 거실에서는 두 사람이 왔다 갔다 하면서 상을 차리고 있다. 또 어떤 집은 마당에서 아이들과 함께 흙놀이를 하며 저녁을 보내고 있다. 한 할머니는 대문 밖 화분에 물을 주고 있다. 이렇게 동네 사람들을 구경하며 걷다 보니 어느새 A는 집에 도착한다.

B는 아파트나 오피스텔에서 살아왔다. B는 A가 살고 있

는 단독주택에서 잠시 살았었다. A의 집에 가는 길에는 가로등이 있었지만 어둡다. 아무도 없는 거리에 갑자기 무언가가 튀어나올 것만 같아 B는 발걸음을 재촉한다. 길의 양옆에 있는 집에서 나는 소리가 거리까지 넘어온다. 이런저런 높이의 담장을 지나 대문을 열기 전까지는 완전히 밖이다. 집 안에서는 창문 너머 옆집 거실이 훤히 들여다보인다.

봉천동에 사는 친구네 집에 놀러 간 적이 있다. 바에서 아르바이트를 하며 칵테일을 만들 줄 알았던 친구는 자기가 칵테일을 만들어주겠다며, 1층 편의점에서 탄산수와 간단한 스낵을 사 오라고 했다. 편의점에서 물건을 사고 나서 친구가 일러준 문을 열고 나가자 대로변이 아닌 오피스텔 로비가 나왔다. 그리고 엘리베이터를 타고 친구네 집에 올라가 말했다.

"편의점에서 바로 들어오니까 되게 편하겠다."

"어, 맞아. 그리고 뭔가 무서운 일 있을 때, 편의점으로 들어가서 바로 집으로 올라올 수 있거든. 그래서 이 집에서 살기로 했어."

친구는 여자였고, 나는 머리를 댕 맞은 듯했다. 나는 서울에서 집에 들어가는 길이 무서웠던 적이 있었던가? 아마 없었을 것이다.

엄마가 갑자기 주택에 혼자 살게 되면서 예상치 못한 고민이 생겼다. 엄마에게 외로움만 더해진 줄 알았는데, 두려움도 함께 더해졌다는 것이다. 그래서 현관에 아빠의 구두를 그대로 두고, 마당에는 CCTV를 네 개나 설치했다고 했다. 그리고 이 일을 엄마보다 조금 일찍 겪은 큰이모는 엄마에게 이렇게 일러주었다고 한다. "여자 혼자 사는 거 소문나면 사람들이 우습게 봐. 조심해야 해."

원하는 평수와 원하는 층, 그리고 집의 구조까지 완벽히 꿈에 그리던 집을 찾았다. 금액까지 예산 안에 들어온다. 집주인도 괜찮은 사람인 것 같고, 집 상태도 괜찮다. 그런데 누군가는 이 집에 살 수 있고, 누군가는 살 수 없다. 집을 고르는 기준은 사람마다 다르지만 필터는 비슷할 것이다. 집의 크기, 금액, 지역, 직장이나 학교와의 거리 등. 그런데 한 가지 필터는 일부에게는 크게 작동하고, 일부에게는 거의 작동하지 않는다. 바로 '안전'이라는 필터다. 안전이라는 필터는 모두에게 같은 조건으로 작동하는 듯 보이지만 실은 그렇지 않다. 여성과 남성이 세상을 살아가는 감각 자체가 다른데, 어떻게 같은 조건이라고 말할 수 있을까. 이런 세상에서 기회의 평등이라는 말은 어찌나 가벼운지, 땅에 닿지도 않고 계속해서 떠돌아다닌다. 언뜻 보면 공정한 것처럼 보인다. 같은 기회를 주지 않았냐고 말할지도 모른다. 하지만 이미 기울어진 판 위에서 같은 기회를 말하는 것조차도 어불성설이다. 도시를 안전히 걸을 자유는 모두에게 평등하지 않다.

2016년 유엔 해비타트UN Habitat에서 '모두를 위한 지속가능한 도시와 인간정주에 관한 키토 선언'을 발표했다. 이 중에서 핵심 내용은 '도시에 대한 권리와 모두를 위한 도시(Right to the city and city for all)'다. 사람들은 알고 있다. 도시가 모두를 위하지 않고 있다는 것을. 같은 해인 2016년, 한국에선 한 남성이 처음 보는 여성을 강남역에서 살해한 사건이 일어났다. 모두를 위한 도시란 우리에게 너무나도 먼 얘기처럼 보인다.

A와 B의 이야기를 보면 같은 집, 같은 동네여도 안전에 대한 감각은 서로 다르게 느낀다는 걸 알 수 있다. A에게는 집으로 향하는 정겨운 골목길이 B에게는 위험에 노출된 길이다. 심지어 집 안에서조차 같지 않다. 집 안에서 외부의 소리가 들린다는 말은 곧, 집 안의 내 소리도 골목길에 들린다는 뜻이다. 이를 아무렇지도 않게 생각하는 사람이 있는 한편, 이것들이 굉장한 공포가 되는 사람도 있을 것이다. 집은 과연 모두에게 안전한 공간일까?

아파트에 산다는 것은 이런 안전을 다른 사람에게 위임하는 부분이 있다. 문밖을 넘어 1층 현관을 나가면 바깥인 것은 동일하지만, 아파트 단지 내에 있다는 것은 어쩐지 안전이 조금 더 보장된다. 아파트 단지로 들어올 때 경비원과 인사를 나누면서부터 내 안전은 어느 정도 지켜진다. 그러나 단독주택에 산다는 것은, 그 주택의 구성원들이 스스로의 안전을 오롯이 지켜나가야 하는 것이다. 단독주택은 나만의 낙원일 수도 있지만 그 주위에는 위험이 도사리고 있다.

큰이모가 엄마에게 해준 말에 어쩔 수 없이 고개를 끄덕일 수밖에 없다는 사실이 어떤 무력감을 선사한다. "여자 혼자 사는 거 소문나면 사람들이 우습게 봐." 이때 '우습다'는 말은 하찮게 본다는 말일진대, 과연 우습게만 볼까? 아니다. 여자 혼자 사는 게 소문이 나면 범죄자들의 타깃이 된다. 너무나 우스워서 범죄의 대상이 되어버린다는 말은 우습지만 전혀 재밌지 않은 말이다. 그전까지 살아온 그 집은 벽돌로 쌓은 튼튼한 집이었는데, 한순간에 지푸라기로 겨우 엮은 집이 되어버린 셈이다.

지푸라기로 지은 집은 늑대에 의해서 부서지는 게 당연할까? 지푸라기로 집을 지은 첫째, 나무로 집을 지은 둘째, 벽돌로 집을 지은 셋째 돼지는 모두 피해자다. 그렇지만 우리는 너무나도 쉽게 첫째 돼지와 둘째 돼지를 손가락질한다. 튼튼하게 지었으면 됐을 텐데 그러게 누가 지푸라기로 집을 지으랬냐고 하면서. 피해자들을 멍청하다고 비난하는 것은 피해자에게 책임을 전가하는 짓이다. 그러게 왜 옷을 그렇게 입어, 그러게 왜 위험한 지역에 살아, 왜 밤에 어두운 곳을 혼자 걸어다녀, 하는 말들. 이런 말들은 늑대에게는 하지 않는다.

늑대의 집이 궁금했던 적은 없다. 어쩌면 늑대의 집이야말로 지푸라기로 엉성하게 지어져 있을 수도 있다. 하지만 그 집은 부서지지 않는다. 결국 집이 문제가 아니다. 우리는 조금 더 적극적으로 늑대를 호명하고 가리켜야 할 필요가 있다. 집을 부수지 말라고, 그 집이 어떻게 만들어졌든 누가 살든 말이다. 우리는 집 안에서건 집 밖에서건 안전할 권리가 있다. 지푸라기 집이어도, 나무로 만든 집이어도, 콘크리트로 만든 집이어도 늑대에 의해 부서질 이유는 전혀 없다. 우리는 우리가 원하는 모습으로 집을 지을 수 있어야 한다.

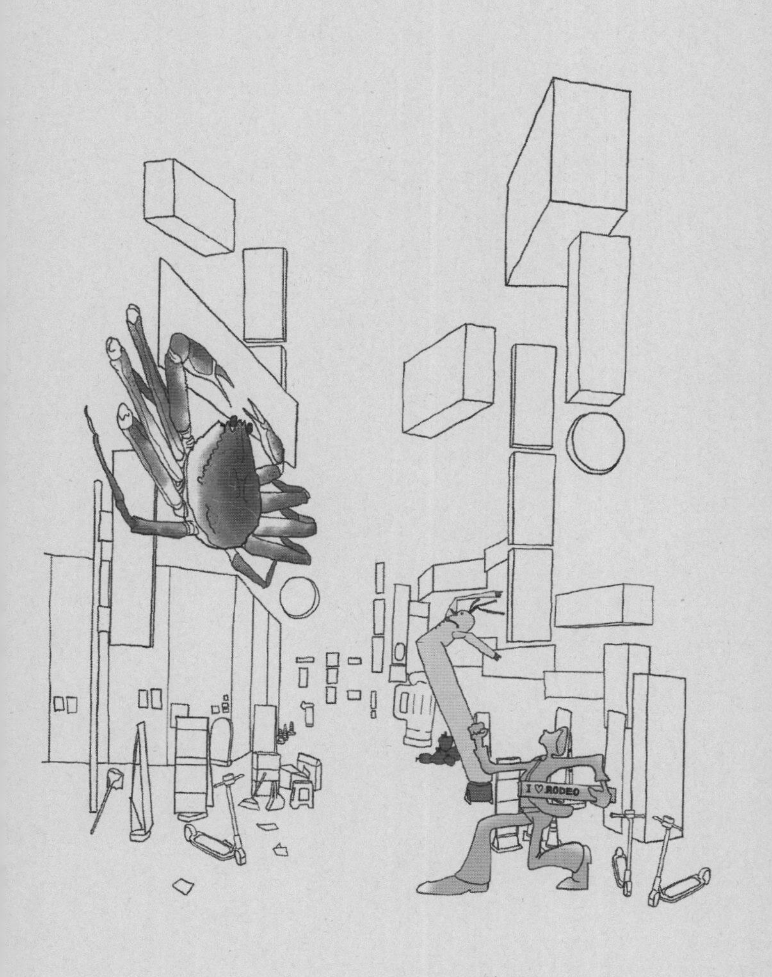
I ♡ RODEO

거름망으로 거를 수 없어요

김정민

'소셜 믹스'라는 부동산·건축 용어가 있다. 지역 주민 간의 격차를 해소하고 사회 통합을 추구하는 차원에서 하나의 아파트 단지 내에 분양아파트와 임대아파트를 같이 조성하는 정책을 말한다. '믹스'된 저소득층과 고소득층이 한 단지에서 함께 살며 같은 인프라를 이용할 수 있도록 하는 이 정책은 실제로 많은 아파트 단지에 도입되고 있다.

그런데 같은 단지인 것처럼 보이지만 자세히 들여다보면 간혹 동별로 외벽의 색을 다르게 칠하기도 하고, 단지 중간에 도로를 내서 기어코 구분을 하고야 마는 모습이 눈에 띈다. 이런 모습을 볼 때면 건축가로서 회의감과 죄책감이 밀려온다.

건축이 가진 힘을 차별에 쓰는 모습을 보는 게 여간 불쾌한 일이 아니다. 주변에 이런 불만을 털어놓을 때면, 건축은 서비스업이기에 건축주가 원하는 건물을 설계할 수밖에 없고, 또 현실 앞에선 어쩔 수 없다는 자조 섞인 말을 듣기도 한다.

건축도 서비스업이라는 것에는 동의하지만, 건축주의 뒤에 서서 불평등에 앞장서도 된다는 말은 아니다. 물론 건축가의 손을 떠난 뒤에 차별의 언어들이 나오는 모습도 볼 수 있다. 가령 임대호수와 분양호수를 나누어서 동을 구분하는 식이다. 이렇게 되면 102동에 사는 아이와 208동에 사는 아이는 임대와 분양으로 사람을 나누는 어떤 부모들 때문에 서로 친해지기 힘들지도 모른다. '소셜-믹스'가 아닌 '소셜-분리'가 되는 셈이다. 분양아파트와 임대아파트를 한 동에 믹스하여 짓게 되면 어떻게 같이 살 수 있냐는 말이 나오기도 한다. 어떻게 같이 사느냐고? 그러게, 그런 생각을 하는 사람과 어떻게 같이 살 수 있을까.

송파구 삼전동에 방문한 적이 있다. 삼전동은 빌라나 연립주택이 모여서 구역 구역을 만들어가는, 전형적인 빌라촌 동네다. 법으로 규제된 최소 폭인 4미터보다 조금 넓은 6미터 도로로 구역이 나뉘고, 각 구역에는 저마다 적당한 크기의 근린공원들이 공평하게 나누어져 있다. 근린공원엔 미끄럼틀과 외다리, 두세 개의 그네와 시소, 그리고 우리 동네에선 '콩콩이' 라고 불린 놀이기구도 있다. 그 옆엔 정자가 한두 개 있고, 가장자리를 따라 벤치 몇 개가 놓여 있다. 초등학생으로 보이는 아이들이 올라갔다 내려갔다 하며 놀이기구에서 뛰어놀고 있다. 묘기처럼 그네를 타는 아이도 있다. 그리고 그 옆 정자에는 동네 노인들이 모여서 이런저런 얘기를 나누고 있다. 삼전동은 말 그대로 '남녀노소'가 모두 모이는, 요즘으로선 보기 드문 장면을 만들어내고 있었다.

세상은 다양한 경험을 하라고 말한다. 다양한 경험을 통해서 세상을 보는 눈을 넓히라고. 하지만 경험만 해야 한다. 뷔페에서 이런저런 음식을 맛보듯이, 맛만 봐야 한다. 오래도록 앉아 맛을 음미하거나 그 세상에 드러눕는 것은 절대 허락되지 않는다. 어딘가에선 가장 쉬운 혐오의 방식으로 노키즈 존을 만들어내고 있고, 노인복지시설 설계 설명회에선 혐오 시설이라며 반대를 외치는 주변 아파트 주민들이 있었던 것을 기억한다. 특수학교인 서진학교가 설립되는 과정에서도 수많은 반대의 목소리가 있지 않았는가. 서진학교 설립 주민토론회에서는 장애 학생의 부모들이 무릎을 꿇으며 설립을 호소하기까지 했다. 특수학교를 짓는 것이 무릎을 꿇으면서 호소해야 할 일이라니, 얼마 남지 않은 인류애가 정말 바닥날 지경이다.

지역 이기주의가 사회 이곳저곳에 너무나도 많이 도사리고 있다. 'NIMBY(Not In My Backyard)'를 외치는 사람들의 주장은 '혐오 시설'을 두지 말자는 것인데, 이 '혐오 시설'이라는 말을 들으면 화가 나다 못해 슬퍼져서 눈물이 다 날 지경이다. 저렇게 직접적으로 말하지 않아도, 동네 분위기를 망친다거나 보기에 좋지 않다는 식으로 돌려 말하곤 한다. 하지만 그 내면엔 집값 하락이라는 문제가 도사리고 있다는 걸 모두가 안다. 인간이라면 응당, 사회라면 당연히 포용해야 할 사람들을 '집값'으로 치환해서 벽을 세우는 모습은 두 눈 뜨고 보기 힘들 정도다.

이런 현상은 건축에서만이 아니라 도시 속에서도 빈번하게 나타난다. 2022년 서울 퀴어퍼레이드에서 신나게 비를 맞으며 도시를 거닐다가 집에 돌아왔는데, 문득 이상하고 찜찜한 기분이 들었다. 유럽 여행 중에 친구들과 갔던 파리의 퀴어퍼레이드를 떠올리자 그 이상하고 찜찜한 게 무엇인지 알게 됐다. 파리에선 노인부터 어린아이들까지 다양한 연령대의 사람들이 함께 축제를 즐겼다. 주민들이 테라스에 나와서 무지개 깃발을 흔들었고, 내 옆에선 머리가 센 할아버지가 덩실덩실 춤을 추며 함께 행진했다. 도시 전체가 퀴어퍼레이드를 함께 즐기고 있는 그 느낌. 그 짜릿한 느낌을 잊을 수 없다. 그러나 한국에서는 퍼레이드 행렬 옆에 경찰들이 촘촘하게 줄을 서 있고, 그 줄 너머에는 확성기를 들고 퀴어퍼레이드 반대를 외치며 춤을 추는 사람들로 가득했다. 한국에서 퀴어퍼레이드에 처음 참여한 외국인들은 북을 치고 부채춤을 추는 광경을 보고 축하 공연인 줄 알았다는 씁쓸한 말을 했다.

보기 싫은 것들을 눈앞에서 치울 수 있다면 이들은 얼마나 좋을까. 게다가 국가 차원에서 이런 마음을 먹을 땐 더욱 끔찍한 일들이 생긴다. 88서울올림픽에서 지워진 사람들이 있다. 72만 명의 사람들. 올림픽 행사 동선에 있는 낙후한 거주 구역들이 일제히 철거되었다. 대도시의 기준 중 하나가 50만 명 이상의 인구라는 걸 생각하면, 도시 하나가 사라진 셈이다. 강제로 이주한 지역에서도 집을 지을 순 없었다. 성화 봉송 진로에 걸린다는 이유로 집을 짓지 못한 사람들은 땅을 파서 땅속에서 살았다. 보고 싶은 것만 보고 싶으면 자신의 눈을 감는 편이 그나마 나을 것이다. 존재는 절대로 사라지지 않는다. 작용이 있으면 반작용이 있기 마련이다. 계속해서 지우려고 한다면 지우려는 힘만큼 드러나는 힘이 반드시 존재한다.

도시는 거름망으로 걸러진 사람들끼리 사는 곳이 아니다. 도저히 서로 겹치지 않는 사람들끼리 모여서 사는 곳이다. 이것을 억지로 구분하고 나누려고 한다면 당연히 괴상한 형태로 자라날 수밖에 없다. 세상을 살아가는 건 다름을 계속해서 알아가는 것이지 다름을 계속해서 구분하는 것이 아니다. 나는 너와 성별은 같지만 국적은 달라, 나는 너와 국적은 같지만 언어는 달라, 나는 너와 언어는 같지만 피부색은 달라…. 이렇게 같은 점과 다른 점을 구분하는 사람은 그 사람의 세계의 크기가 얼마나 협소한지 가늠하게 할 뿐이다.

'언어'라는 단어를 알았을 때, '자가 주거'라는 단어를 알았을 때, '성 정체성'이라는 단어를 알았을 때마다 우리의 세계는 커지고 있다. 중요한 건 '다르게 만드는 것'에 방점을 찍는 것이 아니라 '다르다는 감각'을 체화하는 일이다.

오늘의 집과 내일의 집

이윤석

내가 이상적으로 꿈꾸는 주거 공간에는 벽이 없다. 경계가 없는 공간이다. 사람 두 명과 고양이 한 마리가 사는(혹은 n마리가 살) 공간이니까 그렇게 넓을 필요는 없다. 그런데 이왕이면 작은 마당이 있는 단독주택이었으면 좋겠다. 건물은 단층에 동그라미 모양이고, 사방이 유리여서 언제든 열어 드나들 수 있다. 가구는 원하는 곳에 놓으면 된다. 필요할 때마다, 해가 뜨고 저무는 방향에 따라 움직이려고 한다. 굳이 나눌 필요가 있는 곳이라면 책장이나 커튼 같은 것으로 간단하게 나눈다. 천장에는 조명용 레일이 있어 원하는 위치에 조명을 달 수 있고, 콘센트는 바닥에 매립되어 있기 때문에 어디에서나 전기를 사용할 수 있다. 상상해 보건대, 밤에는 가구들이 있는 곳만 빛난다. 시골 마을에 밝혀진 버스 정류장처럼 소파가 있는 자리, 테이블이 있는 자리, 침대가 있는 자리들이 섬처럼 떠 있다. 사실 그곳에는 화장실 벽도 없다. 샤워기와 변기가 모두 바깥에 있다. 침대나 옷장 옆에 샤워기가 있을 수도 있다는 뜻이다. 마당에는 따뜻한 날 야외에서 씻을 수 있는 샤워 시설이 따로 마련되어 있다. 상상하다 보니 세차 시설을 갖춘 차고도 필요하고, 작은 야외 욕조도 있으면 좋겠다. 처음엔 20평만 넘었으면 좋겠다고 생각했는데 상상하다 보니 200평 규모의 시설이 되었다.

반려인과 함께 고양이 태풍이를 키운 지 2년이 넘었다. 벽이 없는 공간에 대해 생각하게 된 건 사실 태풍이를 입양하면서부터였다. 12평 남짓한 우리 집은 셋이 살기에 좁은 공간은 아니지만, 태풍이가 고양이답게 생활하기에는 너무 잘게 쪼개져 있다고 생각했다. 크지도 않은 공간이 벽으로 분리되어 있으니 우다다 뛰어가다가도 벽 앞에서 멈춰 서야 하는 모습이 안쓰러웠다. 낚싯대에 달린 플라스틱 나비를 쫓느라 뛰어오를 때도 떨어질 공간을 살뜰히 살피곤 했다. 그때부터 우리 집의 모든 구석을 고양이를 위한 공간으로 바꾸기 시작했다. 벽을 없애서 공간을 넓혀줄 수는 없으니, 다양하게 구성해 주자는

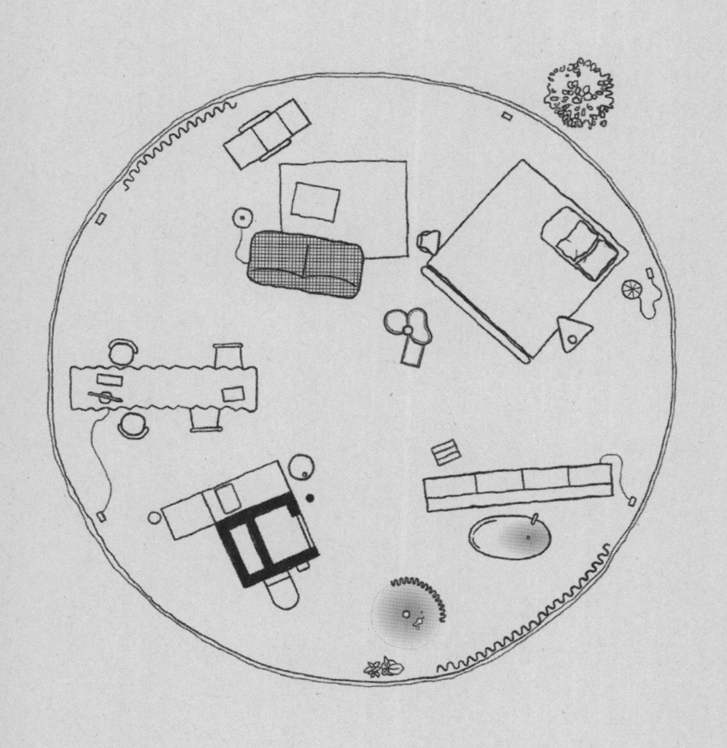

☑ 마당 (아주 작을지라도)

☐ ...

생각이었다. 특히 고양이에게는 수직으로 오르내리는 공간이 중요하다고 알고 있었기 때문에 잘 쌓기 위해 노력했다. 어떻게 하면 태풍이가 더 쉽고 재미있게 창밖을 바라볼 수 있을지, 혹은 어떤 공간이 태풍이가 가장 안전하고 편하게 쉴 수 있는 곳일지 고민했다.

벽과 바닥, 천장을 빼고 집 안에서 움직일 수 있는 것들은 모두 옮겨보았다. 어떤 공간은 하루아침에 변했고, 어떤 공간은 지금까지도 변화하는 중이다. 다세대주택의 지극히 평범한 평면도 안에서 열심히도 고민했다. 가구들끼리 혹은 물건들끼리 떼었다가, 붙였다가, 돌렸다가, 연결했다가 하며 즐거워했다. 그러나 매번 아쉬운 건 벽이었다. 3미터 남짓한 길이의 벽은 사람을 섭섭하게 만드는 재주가 있었다. 애매했다. 두 사람이 살던 집에 캣휠처럼 커다란 고양이용 가구를 들일 때마다 3미터라는 벽의 길이는 큰 고민거리였다. 짧은 것도 아닌데 그렇다고 충분히 긴 것도 아니었다. 한 벽면을 따라 두 가지 가구를 놓기에는 그 길이가 부족했고, 한 가지만 놓자니 공간 활용이 아쉬워지는 그런 길이였다. 늘어날 리 없는 3미터 안에서 매번 새로운 5센티미터를 찾고 있었다. 벽이 할 줄 아는 건 나누는 일밖에 없다는 게 답답했다.

그럴 때마다 애꿎은 '오늘의 집' 웹사이트만 들여다보곤 했다. 불행인지 다행인지 그곳에 들어가면 숨통이 트였다. 모자란 5센티미터를 찾아주는 곳이었기 때문이다. 크기나 용도는 물론, 가구 모서리에 라운딩 처리가 되어 있는지까지 확인할 수 있는 촘촘한 필터는, 늘어가는 세간살이에 떠밀려 질식할 것 같던 나에게 인공호흡기이자 공기청정기였다. 18개가 넘는 필터를 번갈아 딸깍거리며 3미터의 벽을 다시 채우고 있노라면 조금은 숨 쉴 수 있었다. 내 마음에 꼭 맞는 집을 짓겠다는 포부는 아직 너무 멀고, 빌린 집의 벽을 움직일 수 있는 노릇도 아니었다. 하지만 제대로 채울 수 있다는 감각이 위안이 되었다.

'이상적으로 꿈꾸는 주거 공간이 있냐'는 질문을 해왔다. 다양한 사람들을 만나 집에 관한 이야기를 나누면 마지막에 꼭 물어보는 질문이었다. 지금까지 내가 가장 듣고 싶었던 대답을 해준 사람은 방배동에 사는 친구 인석이였다. 그는 넓은 방에 조명과 암체어 하나만 있는 집에 살고 싶다고 했다. 집에 물건이 많으면 온전히 집중하는 일이 힘들다는 이유에서였다.

대부분은 이런 대답을 했다. "햇빛이 잘 드는 창이 있었으면 좋겠다", "공원이 많았으면 좋겠다", "화장실에는 욕조가 꼭 있었으면 좋겠다", "최소한 체리 몰딩 없는 화이트톤이었으면 좋겠다"라고 했다. 내심 '방 속에 의자 하나만 있는 집'이라든지 '도넛 모양 주방이 있는 집' 따위의 답변을 기대했던 나는 머쓱해지곤 했다. 대다수의 사람들에게 당장 필요한 건 건축가가 설계한 자신만의 맞춤 공간이 아니라 볕이 잘 들고, 이동을 걱정하지 않아도 되는 공간이라는 생각이 들었기 때문이다. 어제의 집 안에 살며 오늘의 집으로 채우는 것이 최선인 나로서도 그 질문을 할 때면 어쩐지 의구심이 들곤 했다.

이 글을 쓰면서 남들에게만 묻던 질문을 처음 나 자신에게 해보았다. 답변을 써 내려가며 정말 즐거웠다. 내가 이상적으로 생각하는 주거 공간을 상상하는 시간은 로또에 당첨되면 무엇을 제일 먼저 하고 싶냐는 질문에 답하는 시간보다 더 구체적이고 행복했다. 다른 이들에게도 물어보길 정말 잘했다고 생각했다. 아름다운 인테리어는 많이 봐왔고, 언젠가 내가 살 집을 짓겠다는 결심도 했지만, 글로 적어보니 입체가 되고 파장이 생겼다. 구체적인 상이 맺혔다. 오늘의 집이 어제의 집에서 만들어진 것처럼, 내일의 집은 더 집요하고 구체적인 언어와 공간들이 모여 자라날 것이다. 미래의 집보다는 내일의 집부터 상상하기로 했다.

에필로그

사람들은 각자의 방법으로 자신의 공간을 만들면서 살아간다. 시간이 먼저 오고 공간이 따라오는 건지, 공간이 먼저 주어지면 그 후에 시간이 따라오는 건지는 사람마다 각자 다르게 이해할 것이다. 그렇게 움직이는 시간과 공간의 축 사이를 가로지르는 것이 한 사람의 인생이다. 각자의 시간이 다르고 각자의 공간이 다르기 때문에 각자의 인생이 모두 다른 것일 테다.

나에게 이 책을 쓰는 과정은 그동안 어떤 시간을 보내왔는지, 어떤 공간에서 지내왔는지를 정리하는 시간이었다. 어렸을 때부터 많은 집을 오가면서 자랐다. 공교롭게도 스무 살이

지나 혼자 나의 집을 만들어갈 때도 다양한 집을 경험하며 살아왔다. 그런 시간과 공간을 손가락으로 하나하나 더듬는 일은 때론 괴롭기도 했고, 때론 그 시절을 낭만화하며 추억에 빠지기도 했다. 기억이라는 건 어쩔 수 없이 내 머릿속에서 다시 한번 일어나는 일이니까. 이렇게 내가 만든 집을 한 번 정리하자 자연히 글의 반 정도가 쓰였다.

이 책을 쓰는 일은 한 사람이 많은 시간을 보내는 자신의 공간, 자신의 방, 자신의 집을 읽어보는 작업이기도 했다. 쓰기보다는 읽기에 더 가까운 행위, 그것을 내가 소리 내서 읽은 것이 아닐까. 이렇게 여러 집을 읽다 보니 나머지 글이 쓰였다.

내가 사는 이 집이 잠깐 빌린 남의 집일지라도, 사실은 내 집임을 어떻게든 소리치고자 했다. 내 집을 무조건 소유하고 싶지는 않다. 소유하지 않아도 '내 집'은 만들 수 있다. 이건 인테리어에 대한 이야기가 아니다. 어떤 다짐과도 같은 것이다. 다짐을 외치는 이 소리가 어디로 향할지는 나도 잘 모르지만, 공간이 없다고 생각하는 사람들이 자신의 공간을 만드는 데에 어떤 알리바이가 되었으면 좋겠다. 물론 이 알리바이는 나에게도 필요한 알리바이다.

이 책에 실은 글은 남의 집에 대한 이야기지만 그것은 곧 나의 집에 대한 이야기다. 내가 방이라는 단어를 어떻게 정의

하는지, 집을 어떻게 생각하는지, 동네를 무엇이라 말하는지에 대한 이야기다. 이제야 나도 내 집에 대해서 조금 더 알게 되고 조금 더 친해진 기분이다. 이 글을 읽는 사람들도 자신의 집과 조금 더 친해지길 바란다.

집에 대한 수많은 이야기가 있다. 때로는 부동산의 가치로, 때로는 개인의 지위로 말해지기도 한다. 혹은 건물 그 자체로 말해지기도 한다. 이 많은 이야기 중, 이 책에 쓰인 집에 대한 이야기는 언뜻 잔인한 낙관처럼 보일 수도 있다. 잔인한 낙관은 결국에 가닿지 못하는 곳에 대한 이야기다. 그럼에도 나는 이에 대해 한 번 더 낙관하고자 한다. 잔인한 낙관에 대해 다시 한번 낙관함으로써 일종의 주류 사회 버전으로 쓰여진 행복의 대본, 그 옆에서 새로운 대본을 써보고자 한다. 물리적인 집은 옮겨 가더라도 단단하게 지어진 집은 그 안에 있을 것이라는 믿음으로 글을 마무리한다.

김정민

즐거운 남의 집

초판 1쇄 인쇄 2024년 2월 7일
초판 1쇄 발행 2024년 2월 20일

지은이 이윤석, 김정민
펴낸이 김선식

부사장 김은영
콘텐츠사업본부장 임보윤
책임편집 이한나 **책임마케터** 배한진
콘텐츠사업3팀장 이승환 **콘텐츠사업3팀** 김한솔, 권예진, 이한나
마케팅본부장 권장규 **마케팅2팀** 이고은, 배한진, 양지환 **채널2팀** 권오권
미디어홍보본부장 정명찬 **브랜드관리팀** 안지혜, 오수미, 김은지, 이소영
뉴미디어팀 김민정, 이지은, 홍수경, 서가을, 문윤정, 이예주
크리에이티브팀 임유나, 박지수, 변승주, 김화정, 장세진, 박장미, 박주현
지식교양팀 이수인, 염아라, 석찬미, 김혜원, 백지은
편집관리팀 조세현, 김호주, 백설희 **저작권팀** 한승빈, 이슬, 윤제희
재무관리팀 하미선, 윤이경, 김재경, 이보람, 임혜정
인사총무팀 강미숙, 지석배, 김혜진, 황종원
제작관리팀 이소현, 김소영, 김진경, 최완규, 이지우, 박예찬
물류관리팀 김형기, 김선민, 주정훈, 김선진, 한유현, 전태연, 양문현, 이민운
외부스태프 디자인 데일리루틴

펴낸곳 다산북스 **출판등록** 2005년 12월 23일 제313-2005-00277호
주소 경기도 파주시 회동길 490
전화 02-704-1724 **팩스** 02-703-2219 **이메일** dasanbooks@dasanbooks.com
홈페이지 www.dasan.group **블로그** blog.naver.com/dasan_books
종이 신승아이엔씨 **인쇄 및 제본** 한영문화사 **후가공** 평창피앤지

ISBN 979-11-306-5053-1 (03810)